SI SARA KAY AVAIT SU...

WENDELIN VAN DRAANEN

SI SARA KAY AVAIT SU...

Traduit par Josette Chicheportiche

Illustrations :
Walter Minus

HACHETTE
Jeunesse

Qui est l'auteur ?

Wendelin Van Draanen vit en Californie. Elle a d'abord écrit des romans pour adultes, puis, riche de son expérience de professeur dans un lycée, elle écrit désormais pour la jeunesse. Elle espère qu'en lisant ses livres, ses lecteurs prendront conscience qu'ils ont le pouvoir de décider de leur propre déstinée.

Son livre *Ce que Sara Kay a vu* a reçu le prix Edgar Allan Poe pour le meilleur roman policier de jeunesse.

L'édition originale de cet ouvrage
a paru en langue anglaise chez Alfred A. Knopf, Inc.,
sous le titre :
Sammy Keyes and the runaway elf

Prologue

J'aurais dû tout laisser tomber !

Défiler pour Noël dans les rues de Santa Marina debout sur un char, entourée d'une dizaine de chiens déguisés en rennes, ce n'était pas franchement ce que j'avais envisagé de faire en me réveillant ce matin-là. Mais voilà : une fois de plus, je me suis retrouvée au mauvais endroit au mauvais moment.

Lorsque le char s'est engagé dans Broadway Avenue, il était trop tard pour sauter. D'autant plus qu'on m'avait confié un chien qui valait un plein traîneau de dollars.

Si j'avais su ce qui m'attendait, j'aurais sauté et filé en quatrième vitesse.

1

Grand-mère dit que Santa Marina est une ville comme les autres. Je ne suis pas d'accord. C'est vrai, on a un centre commercial, une gare, les deux rues principales s'appellent Broadway Avenue et Main Street comme partout ailleurs, mais ici, il se passe des choses bizarres. Comme la statue dans le hall de la mairie, par exemple. Elle ne représente ni un des fondateurs de la ville, ni un héros de la dernière guerre. Non, elle représente un groupe de gens, un genou à terre, brandissant une balle de base-ball.

J'ai entendu dire que le maire, M. Hibbs, s'agenouille chaque fois qu'il passe devant et qu'il fait le signe de croix.

Il n'y a pas que ça. Il y a aussi le calendrier. Bon d'accord, les autres villes des environs ont aussi leur propre calendrier, mais le leur est illustré avec les photos habituelles d'arbres, d'oiseaux et de vieilles granges abandonnées...

Sur le calendrier de Santa Marina, on voit des chiens. De vieux chiens galeux et difformes. Plus ils sont laids, mieux c'est. Leurs maîtres les déguisent avec des costumes invraisemblables, puis ils les photographient dans différents lieux de la ville. L'an dernier, le chien du mois de juillet portait des lunettes de soleil, un foulard et sautait en parachute du toit du centre commercial. Celui du mois d'octobre rongeait un os devant le cimetière. Je vous le dis, Santa Marina n'est pas une ville comme les autres, quoi qu'en pense Grand-mère.

Je n'ai jamais bien compris l'importance du calendrier pour les propriétaires de chiens. Mais maintenant que mon amie Holly travaille pour Vera, au salon de toilettage, j'ai compris. Holly dit que les clients ne parlent que de ce qu'ils vont faire pour que leur toutou soit en photo sur le calendrier : le lancer du toit d'un immeuble, l'attacher sur une moto ou l'asseoir devant un piano. Tout ça pour avoir une petite médaille dorée et le droit de participer avec leur chien au défilé de Noël.

Je dois admettre que le défilé de Noël est un grand

moment. Étrange, mais dans le bon sens du terme. D'abord, il a lieu la nuit. Tous les chars sont décorés avec des guirlandes lumineuses, et quand ils descendent Broadway, on a vraiment l'impression que c'est Noël.

Les gens sont superexcités ce jour-là. Non pas parce que le plus beau char gagne un sucre d'orge de la même taille et de la même forme qu'une batte de base-ball, mais parce qu'ils veulent tous battre le type qui les a battus l'année précédente. On voit d'énormes camions recouverts de forêts de pins, avec des enfants qui chantent des chants de Noël debout dans la neige, des charrettes remplies de foin avec de vrais animaux qui figurent la crèche du petit Jésus.

Bref, c'est un défilé plutôt amusant à regarder. En revanche, pour ceux qui défilent, c'est, paraît-il, assez barbant. Marissa dit qu'il faut attendre une éternité avant de démarrer. Ensuite, on descend Broadway d'un pas de tortue pendant près de deux heures. Mais le pire, c'est qu'on ne voit pas le défilé.

C'est pourquoi j'ai toujours été très contente de seulement le regarder.

Cette année, j'avais prévu de retrouver Grand-mère après avoir aidé Holly et Vera à préparer le char des chiens.

Tout à coup j'ai entendu mon nom :

— Sara ! Sara !

Pas de doute. C'était Holly qui m'appelait.

— Tu n'imagines pas le bazar ! s'est-elle écriée quand je l'ai rejointe.

— Que se passe-t-il ?

— Le filin qui tenait la couronne s'est cassé, les guirlandes ne marchent pas et M. Petersen crie après tout le monde. Du coup, les chiens sont tellement énervés qu'ils se battent entre eux et refusent de se laisser déguiser.

Elle a pris la petite chienne de Vera dans ses bras et a ajouté :

— Quant à Lucy, elle est terrorisée parce que Héros n'arrête pas de lever la patte sur elle !

J'ai eu du mal à ne pas pouffer. Il faut dire que Lucy est une petite chienne du genre chihuahua qui a tout l'air d'avoir été croisée avec un caniche en peluche. Quel chien aurait envie de faire ses besoins sur elle ?

— Qui est Héros ?

— Le pseudo-dalmatien que tu vois là-bas.

J'ai tout de suite compris de quel chien il s'agissait. Héros était bien couvert de taches noires comme les dalmatiens, sauf qu'il avait de grandes oreilles tombantes, une tête de basset et une queue qui se terminait par une touffe de longs poils roux.

Parmi ses ancêtres, il devait y avoir un setter irlandais qui avait peur qu'on l'oublie.

— C'est vraiment un drôle de chien.

— Ça, tu peux le dire.

— Et qui est M. Petersen ?

Holly a levé les yeux au ciel.

— L'imprimeur des calendriers.

Elle m'a montré du doigt un homme aux cheveux gras et en queue-de-pie.

— Un monstre ! a-t-elle précisé à voix basse.

Cette fois, j'ai vraiment éclaté de rire.

— On dirait un cafard géant, ton monsieur Petersen !

Holly a écarquillé les yeux et a éclaté de rire à son tour.

— Mais c'est vrai, ça !

Au même moment, le Cafard s'est mis à hurler.

— Où est Marique ? Je n'aurais jamais dû laisser cette diva figurer sur le calendrier ! Prenez le téléphone et trouvez-moi immédiatement où se cache cette imbécile de chienne. Si elle ne se présente pas d'ici cinq minutes, je l'arrache de la couverture !

— Autant attendre dans ce cas pour fixer la couronne. Qu'est-ce que tu en penses, Royce ? C'est vrai, quoi. Si elle ne vient pas, ce n'est peut-être pas la peine de se donner tout ce mal, a fait remarquer l'un des hommes qui travaillaient sur le char.

— Fixe-moi cette couronne, c'est tout ! a rétorqué M. Petersen.

Il venait à peine de finir sa phrase qu'une fille en veste rouge, avec sous le bras un chien qui ressemblait à un ballon de foot en fourrure, s'est avancée vers lui.

— Monsieur Petersen ? a-t-elle demandé.

— Oui. Quoi ?

— Je m'appelle Tina Landvogt et voici Marique, a-t-elle dit en lui montrant la petite chienne. Ma mère est à l'hôpital, elle s'est cassé la jambe. Mais elle tient à ce que Marique participe au défilé.

— Dans ce cas, c'est vous qui la présenterez.

— Je suis désolée. Ce n'est pas possible. Je dois filmer le défilé pour ma mère.

Sur ces paroles, elle lui a tendu la chienne et a lancé tout en s'éloignant :

— De toute façon, ma mère veut que ce soit Vera qui s'occupe de Marique !

— Vera ! a-t-il appelé. Venez vous occuper de la chienne de Lilia Landvogt !

— Je ne peux pas, Royce. Je m'occupe de Lucy.

— Je croyais que c'était votre fille qui devait le faire.

— Oui, mais je...

— Alors occupez-vous de cette chose ! a-t-il insisté en essayant de lui refiler la chienne.

— Non, Royce. Je dois prendre des photos du défilé.

— Ceci est plus important que vos ridicules photos !

Vera n'est pas très grande, mais elle est capable de mettre qui que ce soit au tapis en un quart de seconde. Il était clair qu'elle n'allait pas rester là à se laisser maltraiter sans réagir.

— Non, Royce, a-t-elle insisté en croisant les bras. Je vous ai dit que je ne le ferai pas. Trouvez quelqu'un d'autre.

Alors qu'elle s'apprêtait à faire demi-tour, elle s'est approchée de moi.

— Et si tu la présentais, Sara ?

— Moi ?

— Oui. Pourquoi pas ? Marique est une chienne adorable, et le char serait minable sans elle.

— Pourquoi ?

Elle m'a désigné la couronne que le type avait finalement réussi à installer.

— C'est elle qui saute à travers le cerceau.

— Et Meg ? Je pourrais aller la chercher et...

— Meg est au lit avec la grippe. J'ai même honte de l'avoir laissée toute seule.

Voyant en ma personne une solution à son problème, M. Petersen n'a pas hésité à s'immiscer dans notre conversation.

— Oui, c'est toi qui vas t'en occuper !

— Mais je ne connais rien à la façon dont on présente un chien !

— Ce n'est pas très compliqué, Sara, tu sais, est intervenue Holly.

— Et si je prenais les photos ? ai-je suggéré en dernière tentative.

Vera a secoué la tête.

— Je ne crois pas que tu saurais te servir de l'appareil et je ne peux pas t'apprendre en cinq minutes.

En effet. Son engin ressemblait davantage à un lance-missiles qu'à un appareil photo. Du coup, j'ai accepté.

Je n'avais alors pas la moindre idée du pétrin dans lequel je m'étais mise.

2

Notre char a enfin démarré.

J'étais tellement fascinée par le spectacle de Marique sautant à travers la couronne, que je ne faisais guère attention à ce qui se passait autour de moi. Mais Holly s'est brusquement écriée :

— Sara ! Regarde ! On dirait ton flic préféré !

Je ne connais pas Holly depuis longtemps, et l'histoire de notre rencontre serait assez longue à raconter, mais elle sait mieux que quiconque combien il est difficile d'éviter la police. N'allez pas croire que je sois une voleuse ou une criminelle. Je ne vole pas dans les magasins et je ne cambriole pas les maisons. Je vis tout simplement avec ma grand-mère dans sa résidence pour personnes âgées. Là-bas, les jeunes sont traités avec le même égard que les rats : si l'on en découvre un dans l'immeuble, on lui tend des pièges jusqu'à ce qu'on l'attrape. Et je ne connais personne qui soit plus pressé de m'attraper que l'inspecteur Borsch sauf peut-être la voisine de Grand-mère, Mme Graybill.

Je reconnaîtrais l'inspecteur Borsch entre mille. C'était bien lui. À cheval. Comparé à l'allure qu'il avait au volant de sa voiture de police, il semblait assez mal à l'aise perché sur sa selle.

— Incroyable ! me suis-je exclamée.

Holly s'est mise à rire.

— Ne t'inquiète pas. Il ne peut pas te reconnaître.

Je l'ai observé pendant une minute, puis je me suis de nouveau occupée de Marique. Lorsqu'on a enfin débouché sur Broadway Avenue, j'avais complètement oublié l'inspecteur Borsch et je commençais même à m'amuser. La rue était pleine de monde. Quand notre char passait, les sifflements et les applaudissements retentissaient à tout rompre. À croire que Marique sautait à travers un cerceau de feu et non une couronne de branches de pin. Une vraie star !

Tout à coup, j'ai aperçu Grand-mère avec Hudson.

— Grand-mère ! Hudson ! Je suis là ! ai-je crié en leur faisant signe.

Grand-mère a agité la main en me souriant.

Bref, on avançait tranquillement et tout allait bien jusqu'à ce qu'on arrive dans Cook Street. C'est là que les choses deviennent sérieuses et que la compétition commence vraiment. C'est là aussi que les spectateurs sont le plus nombreux, tassés de chaque côté de la rue.

On était donc à l'angle de Broadway et de Cook Street, à attendre que le défilé redémarre, lorsque le silence s'est brusquement fait et que j'ai remarqué trois individus, habillés en rois mages, qui s'avançaient sur la chaussée. Ils portaient de longs manteaux à capuchons, et marchaient, tête baissée, comme s'ils cherchaient à dissimuler leur visage.

J'ai cru tout d'abord qu'ils étaient simplement en retard et venaient se joindre au défilé. Puis, j'ai vu qu'ils ne transportaient ni or, ni myrrhe, ni encens, mais des chats. Des chats visiblement terrifiés.

Chargés de leurs présents, les trois rois mages se dirigeaient droit sur notre char lorsqu'un cri a percé le silence : « Maaaariiiique ! Maaaariiiique ! »

Marique a aussitôt sauté sur la chaussée, a traversé la rue comme une fusée, puis a fendu la foule avant de disparaître dans l'obscurité.

Je me suis assise au bord du char pour sauter à mon tour, mais c'étais trop haut, et le char avançait.

— Qu'est-ce que tu fais ? Remonte tout de suite ! a hurlé M. Petersen par la fenêtre du camion.

Je ne l'ai pas écouté et je me suis laissée glisser jusqu'à terre. Les rois mages se trouvaient au pied du char, prêts à lâcher leurs chats.

— Attention ! Tenez les chiens ! ai-je crié.

Trop tard !

Un vent de panique a alors soufflé au-dessus du défilé et en particulier au-dessus de notre char. Héros a bondi à terre en faisant tomber la couronne, puis c'est un bulldog avec une crinière de chow-chow qui s'est sauvé à son tour. Trois minutes plus tard, il n'y avait plus un seul chien sur le char.

Ça n'a pas été une mince affaire de les rattraper. Il faut dire qu'ils couraient dans tous les sens. À un moment, le bulldog a voulu prendre un raccourci, sauf qu'il est allé se jeter sur le cheval... de l'inspecteur Borsch. L'animal s'est aussitôt cabré ; et le pauvre inspecteur a eu beau se cramponner à son canasson comme un koala à son arbre, au bout de deux minutes, il était assis sur le macadam.

Le temps que chacun recouvre ses esprits, les rois mages avaient bien sûr disparu. Je les aurais volontiers poursuivis pour leur offrir un présent à ma façon ! Mais il fallait d'abord que je mette la main sur Marique.

Je l'ai appelée, j'ai regardé partout, j'ai demandé autour de moi. Marique était introuvable.

Pendant les deux heures qui ont suivi, j'ai interrogé toutes les personnes que je croisais. Chaque fois, la réponse était la même : elles n'avaient pas vu Marique.

Alors que j'étais sur le point d'abandonner, j'ai aperçu quelqu'un qui était assis sur l'énorme racine du figuier géant, dans le jardin de la bibliothèque. Je me suis arrêtée net. Cette personne sous le figuier, c'était un elfe. Un véritable elfe.

Je n'osais pas m'approcher tant je craignais de le voir disparaître et je l'ai observé dans l'obscurité grandissante.

Quand enfin je me suis décidée à avancer, l'elfe n'a pas disparu. Il est resté assis, immobile, au clair de lune. C'est alors que j'ai vu qu'il s'agissait d'une petite fille. Une petite fille déguisée en elfe.

— Bonsoir, ai-je dit tout bas.

Elle a levé les yeux vers moi sans répondre.

— Je me demandais... si...

En fait, je ne me demandais plus du tout où était Marique, je voulais juste savoir qui elle était, elle. Je me suis assise à côté d'elle et j'ai demandé :

— Que fais-tu là ?

Elle m'a observée pendant une seconde, puis elle a regardé la Lune.

— Rien, a-t-elle répondu.

À mon tour, j'ai regardé la Lune.

— À quoi tu penses ? ai-je demandé doucement.

Elle est restée un long moment silencieuse, puis elle a poussé un petit soupir en murmurant :

— Je me demande comment c'est.

— Comment c'est quoi ?

— Là-haut.

— Sur la Lune ?

Elle a haussé les épaules.

— Non, tout là-haut.

Je l'ai observée du coin de l'œil.

— Tu étais dans le défilé ? ai-je fini par lui demander.

Elle a donné un coup de pied dans l'herbe avec son petit sabot d'elfe et a marmonné :

— Il est stupide, ce défilé.

J'ai éclaté de rire.

— Oui. Je suis bien d'accord avec toi.

Elle a examiné mon sweat-shirt et mes chaussures à semelles compensées, puis elle m'a demandé :

— Et toi ? Tu étais dans le défilé aussi ? Tu faisais quoi ?

— J'étais sur le char des chiens.

Ses yeux se sont écarquillés.

— Celui qui est devenu complètement fou ?

— Oui, c'est ça, ai-je répondu en riant. Et j'ai passé une partie de la soirée à chercher le chien dont j'étais responsable.

— Lequel c'était ?

J'ai haussé les épaules.

— La petite boule de poils orange qui ressemble à un lion miniature.

— Le loulou de Poméranie ? Celui qui est sur la couverture du calendrier ?

Je l'ai regardée avec surprise.

— Comment sais-tu ça ?

— Notre calendrier est arrivé par la poste ce matin.

Puis elle a plissé les yeux et a ajouté :

— Tu les aimes, les loulous de Poméranie ?

— Je ne savais même pas que c'était un loulou de Poméranie ! C'est ce matin seulement qu'on m'a demandé de m'occuper d'elle. Sa maîtresse est à l'hôpital avec une jambe cassée.

La fillette a paru soulagée.

— Alors tu préférerais avoir un chien de berger ?

— Un chien de berger ? ai-je répété.

Elle a lâché un soupir en grommelant :

— Tu parles exactement comme ma mère.

Je voulais lui demander où se trouvait sa mère, justement, quand une voiture de police a longé la bibliothèque. Lorsqu'elle est passée sous la lumière du réverbère, on a poussé le même cri plaintif, la petite fille et moi.

— Oh non, pas lui !

— Tu connais l'inspecteur Borsch ? ai-je demandé aussitôt, d'un air intrigué.

Elle a hoché la tête et, d'un bond, elle s'est retrouvée debout sur ses petits pieds d'elfe.

— Toi aussi ?

Et sans me laisser le temps de lui répondre, elle s'est élancée à travers la pelouse du centre commercial. Je l'ai suivie mais on n'avait pas fait plus de dix pas qu'un phare nous éblouissait.

Je me suis écartée du rayon de lumière et j'ai entendu l'inspecteur Borsch hurler :

— Élisa !

La fillette s'est arrêtée, elle a fait volte-face et est restée plantée là, les bras croisés, une moue sur les lèvres.

— Je peux très bien rentrer chez moi toute seule. Laissez-moi tranquille !

Puis elle s'est approchée de moi et a ajouté :

— D'ailleurs, elle me ramène.

— Ah bon ? a fait l'inspecteur Borsch en se rapprochant de nous. Et qui est cette demoiselle ?

Je me suis retournée.

— C'est moi, inspecteur Borsch. Sara. Sara Kay.

L'inspecteur Borsch a frémi. Rien qu'à sa tête, j'ai deviné qu'il avait envie de pleurer de désespoir. Mais il a respiré un grand coup et a déclaré, l'air résigné :

— Si je comprends bien, Élisa, Sara est ton amie. C'est ça ?

J'ai senti tout à coup une petite main d'elfe dans ma main.

— Oui, a répondu Élisa. Et je n'irai nulle part sans elle.

L'inspecteur Borsch a hoché la tête plusieurs fois, puis il m'a dévisagée, et a demandé à la fillette :

— Ce ne serait pas à cause d'elle que tu t'enfuies toujours de chez toi, Élisa ?

Il aurait été tellement content de pouvoir m'accuser !

La petite fille a haussé les épaules.

— Je ne rentrerai pas à la maison sans elle ! a-t-elle insisté.

— Comme tu veux, a fait l'inspecteur Borsch.

Puis il s'est dirigé vers sa voiture.

— Venez. Je vous raccompagne.

Une fois assise sur le siège arrière, Élisa s'est glissée près de la vitre pour regarder la Lune. Puis, quand la voiture a démarré, elle a tendu son bras et a cherché ma main. Ses doigts étaient minces et froids.

Que regardait-elle ?

Et à quoi pouvait songer un petit elfe fugueur ?

3

L'inspecteur Borsch était à peine garé que la mère d'Élisa est sortie de chez elle comme un bolide.

— Élisa ! Où étais-tu ? s'est-elle écriée en serrant sa fille contre elle.

La fillette l'a regardée et, en guise de réponse, a pris ma main dans la sienne.

— Où était-elle, Gil ? a demandé sa mère à l'inspecteur Borsch.

— Près de la bibliothèque.

Elle s'est penchée vers sa fille et a murmuré :

— Que faisais-tu près de la bibliothèque ?

Élisa a haussé les épaules, puis avec un grand sourire, elle a dit :

— Est-ce qu'elle peut rester ?

À ce moment-là seulement, la mère d'Élisa a paru se rendre compte de ma présence. Elle m'a observée en fronçant les sourcils puis a interrogé l'inspecteur Borsch du regard.

— Cette jeune personne s'appelle Sara Kay, a-t-il déclaré comme s'il lui annonçait une très mauvaise nouvelle. Je les ai trouvées ensemble.

La mère d'Élisa m'a toisée des pieds à la tête avant de me demander, sur un ton cassant :

— Que faisais-tu avec ma fille ?

Ça, c'était la meilleure ! Est-ce qu'elle pensait que j'avais appris à son petit elfe à jouer au poker ou à la roulette ? J'ai respiré bien fort et j'ai répondu, très poliment :

— Je cherchais un chien, et c'est votre fille que j'ai trouvée.

Élisa a alors lâché ma main et a couru à l'intérieur de la maison. Quand elle est revenue, elle brandissait le calendrier des chiens en criant :

— C'est celui-là !

En effet, c'était bien Marique, couchée sur une peau de mouton, un étui à cigarettes dans la patte gauche et une coupe de champagne dans l'autre.

— C'est ton chien ? m'a demandé la mère d'Élisa.

Je m'apprêtais à lui répondre quand l'inspecteur Borsch a hurlé :

— Tu étais sur ce char ? Je comprends mieux maintenant !

— Une minute ! Je n'ai absolument rien à voir avec ce qui s'est passé ! me suis-je défendue.

— Gil, je t'en prie, calme-toi, est intervenue la mère d'Élisa. Pense à ta tension. Et puis, ça n'avait pas l'air bien grave.

Il a arrondi les yeux, atterré.

— Tu veux dire que tu as vu l'incident ?

— Ne t'inquiète pas. Ils n'en ont montré que trois secondes à la télé.

— À la télé ? Non, Janet ! Ce n'est pas vrai !

— Seulement trois secondes, Gil. Calme-toi, je t'en prie.

— Me calmer ? Comment veux-tu que je me calme ? Les gars vont se payer ma tête et je vais être la risée du commissariat.

— Mais non. Et puis, on voit bien que ce n'était pas ta faute.

— Ça, c'est vrai, a-t-il déclaré en me regardant droit dans les yeux.

J'étais sur le point de lui faire remarquer que ce n'était pas ma faute non plus, mais avant que j'aie pu ouvrir la bouche, il a ajouté :

— Il faut que je parte, Janet. Appelle-moi si tu as besoin de quoi que ce soit. Quant à toi, Élisa, obéis à ta mère ! Et perds cette manie de fuguer.

Quand j'ai vu qu'il ouvrait la portière de sa voiture, je me suis réjouie intérieurement.

L'inspecteur Borsch m'avait oubliée. Mais ma joie a été de courte durée, car il a levé les yeux vers moi et m'a appelée :

— Monte, Sara. Je te ramène.

J'ai frémi. Comment allais-je m'en sortir ?

L'inspecteur Borsch pense que j'habite dans East Jasmine Street. C'est un peu compliqué à expliquer, mais il croit que je vis avec ma meilleure amie, Marissa. Or East Jasmine Street est à cent lieues de la Résidence du Soleil couchant, où vit ma grand-mère. Et où je vis aussi. Si je laissais l'inspecteur Borsch me conduire là-bas, j'allais devoir ensuite retraverser toute la ville pour rentrer...

Sans le savoir, Élisa m'a sauvée. Elle a pris ma main et a crié :

— Je veux pas qu'elle parte !

J'ai poussé un ouf de soulagement et j'ai dit, le plus naturellement du monde :

— Merci, c'est gentil. Mais je crois que je vais rester un moment.

L'inspecteur Borsch n'a pas insisté. Il est monté dans sa voiture et a démarré en trombe.

Dès qu'il a disparu, la mère d'Élisa s'est approchée de moi et m'a dévisagée comme si j'avais un troisième œil au milieu du front.

— Entre donc une minute, a-t-elle enfin déclaré.

Très franchement, je n'avais aucune envie de mettre un pied dans cette maison. Tout ce que je voulais, c'était rentrer, retrouver Grand-mère, et éventuellement appeler Holly et Vera pour savoir si elles avaient des nouvelles de Marique. Mais Élisa me poussait en haut des marches, et deux minutes plus tard, j'étais assise dans le salon, le petit Elfe collé contre moi, et sa mère, assise dans le fauteuil en face.

— Élisa, si tu offrais à boire à ta nouvelle amie ? a-t-elle suggéré.

Élisa a filé à la cuisine.

— Chez Hudson ! s'est tout à coup écriée la mère de la fillette. C'est là que je t'ai vue. Chez Hudson Graham, au bout de la rue. Vous êtes parents ?

— Non, juste amis.

Ce qui était la pure vérité. Hudson a beau avoir soixante-douze ans et perdre un peu la boule, surtout quand il se met à parler de ses bottes de cow-boy, c'est mon ami. Mon grand ami.

— Très bien. Et maintenant, dis-moi ce que tu faisais avec Élisa.

— Ce que je faisais avec elle ? Rien. Je l'ai vue assise sous l'arbre et je suis allée lui demander si elle avait vu le chien.

Son visage s'est un peu radouci.

— Vous n'avez parlé de rien ?

— Non, pas vraiment. Elle regardait la Lune.

Elle a enfoncé son visage dans ses mains en gémissant :

— La Lune, encore la Lune... Que vais-je faire de cette enfant ?

Élisa est arrivée sur ces entrefaites en sautillant et m'a tendu une canette de soda.

Sa mère l'a attirée contre elle.

— Élisa, que faisiez-vous toutes les deux ? a-t-elle demandé.

— On regardait le ciel, a répondu la fillette avant d'ajouter :

— Est-ce que Sara peut rester dormir ?

— Dormir ? ai-je répété. Mais je dois rentrer chez moi ! Ma... Ma mère m'attend, et elle serait très inquiète si je ne rentrais pas.

La mère d'Élisa s'est levée d'un bond.

— Tu vois, Élisa ! C'est exactement ce que tu dois faire. Tu dois rentrer à la maison pour que ta maman ne s'inquiète pas.

Élisa m'a regardée, puis elle a regardé la pointe de ses petits sabots d'elfe. Elle n'a ni demandé pardon à sa maman, ni promis de ne plus recommencer. Non, elle a simplement levé les yeux vers moi en disant :

— Tu pourras revenir demain ?

Sa demande m'a tellement prise au dépourvu que j'ai répondu :

— Pourquoi pas ? Si ta maman est d'accord, bien sûr.

La mère d'Élisa a lâché un soupir.

— Puisque cela fait plaisir à Élisa, je n'y vois pas d'inconvénient.

Après avoir convenu d'une heure, je suis partie le plus vite possible, et j'ai couru jusqu'à l'avant-dernière maison de la rue. C'est-à-dire chez Hudson.

— Sara ! Que fais-tu ici à une heure pareille ?

J'ai poussé le portail et je l'ai aperçu, assis sous sa véranda, en train de contempler les étoiles. Je suis allée m'asseoir à côté de lui.

— J'ai regardé les informations, a-t-il déclaré en tirant sur l'un de ses sourcils broussailleux. On ne peut pas dire qu'il restait grand-chose du char où tu te trouvais quand il est passé devant les juges.

Puis avec un petit sourire malicieux, il a ajouté :

— C'est cela qui me vaut ta visite ce soir ?

J'ai poussé un grand soupir et je lui ai tout raconté : le gros cafard puant de Petersen et la façon dont je m'étais laissé convaincre de présenter Marique. Quand j'ai commencé à lui parler des rois mages et des chats, il s'est écrié :

— Ah ! ça explique pourquoi le char était dans cet état...

Il m'a observée pendant quelques secondes avant d'ajouter :

— Je connais cette expression sur ton visage. Quelle idée as-tu derrière la tête ?

— Je ne suis pas sûre... Mais...

— Mais quoi ?

— Plus j'y réfléchis, plus je me dis que Hazel Acosta était l'un des rois mages.

Hudson s'est remis à tirailler ses sourcils.

— Alors comme ça, le démon refait surface ?

J'ai éclaté de rire.

— En fait, je n'ai pas la moindre preuve et je ne vois pas comment Hazel aurait pu savoir que j'allais me trouver sur ce char. Mais c'est un coup qui lui ressemble. L'ennui, s'il s'agit d'elle, bien sûr, c'est que je ne peux pas l'accuser de la disparition de Marique, vu que la chienne a sauté du char avant l'assaut des chats.

— Ah bon ?

— C'était vraiment bizarre. J'ai entendu quelqu'un appeler « Maaariiiique ! Maaariiique ! » et elle a aussitôt bondi hors du char.

« Pourtant, ce n'était pas la première fois qu'on l'appelait. Jusque-là, elle ne faisait absolument pas attention à la foule, et puis tout à coup, quelqu'un l'a appelée et zou ! elle a filé.

— Je vois. As-tu téléphoné à Mme Landvogt ? Peut-être qu'on lui a ramené son chien.

— Tu crois ?

— Appelle toujours, tu verras bien.

Je suis entrée dans la maison et j'ai cherché dans l'annuaire le numéro de Mme Landvogt. J'ai trouvé un *Landsford*, un *Landstad*, deux *Landwer*, mais aucun Landvogt.

Hudson a haussé les épaules.

— Et si tu appelais Vera ? Elle doit bien avoir le numéro.

Il était déjà tard, mais j'ai décidé d'appeler quand même.

C'est Holly qui a décroché.

— Allô ?

— Holly ? C'est Sara.

— Sara ! Enfin ! Est-ce que Marique est avec toi ? Mme Landvogt a appelé ici une vingtaine de fois au moins pour avoir des nouvelles de sa chienne. Tu l'as retrouvée ?

— J'ai passé des heures à la chercher.

— Oh, mince !

Holly s'est tue pendant une minute, puis elle a murmuré :

— Vera est au bord de la crise de nerfs. Mme Landvogt menace de lui faire retirer sa licence.

— Quoi ?

— Je t'assure ! Elle rend Vera responsable de tout.

— Mais ce n'est pas la faute de Vera !

— Ce n'est pas ce que pense Mme Landvogt !

— Écoute. J'ai cherché Marique partout, et je ne vois pas ce que je peux faire d'autre. Si tu as du nouveau, appelle-moi à la maison.

J'ai raccroché et je suis allée retrouver Hudson sur la véranda.

— Au fait, tu connais la petite fille qui habite au bout de la rue et qui s'appelle Élisa ?

— Élisa Keltner ? Oui, bien sûr. Elle vient me voir de temps en temps. En général, elle pointe le bout de son nez quand je viens de faire un gâteau au chocolat.

Hudson avait posé ses belles bottes de cow-boy sur la rambarde.

— Qu'est-ce que tu sais sur elle ?

— C'est une jolie petite fille... Elle veut un chien de berger... Elle n'aime pas trop ses frères : ce sont des jumeaux, et j'ai cru comprendre qu'ils ne la laissent pas souvent jouer avec eux. Sa mère a l'air gentille, a-t-il continué tout en essuyant une de ses bottes avec le revers de sa manche. Je n'ai jamais vu le père. Ils n'habitent ici que depuis six mois. Pourquoi me demandes-tu ça ?

— Comme ça. Simple curiosité.

— Allez, Sara ! Ce n'est jamais par simple curiosité que tu poses une question. Dis-moi tout !

Je me suis assise près de lui et j'ai répondu :

— Je crois qu'elle fait souvent des fugues.

— Tu plaisantes ?

— Pas du tout. Je l'ai trouvée dans la rue alors que je cherchais Marique, et maintenant elle fait comme si j'étais sa meilleure amie.

Il m'a fait un clin d'œil.

— Eh bien, tu n'as qu'à être sa meilleure amie. Où est le problème ?

— Mais elle n'a que sept ou huit ans !

Hudson m'a regardée, l'air de dire « Et alors ? ». Tout à coup, j'ai réalisé que la différence d'âge entre treize et sept ans était beaucoup moins grande qu'entre treize et soixante-douze ans. Et je me suis sentie assez mal à l'aise.

— Il faut que je rentre à la maison, ai-je dit en me levant. Grand-mère doit s'inquiéter.

— Comme tu veux. Présente mes hommages à ta grand-mère !

Pendant le trajet du retour, je n'ai pas cessé de me demander si je m'imposais à Hudson de la même façon qu'Élisa s'imposait à moi. Et si c'était le cas, pourquoi Hudson me laissait-il faire ?

J'étais tellement préoccupée par cette question, qu'après avoir grimpé l'escalier de service de la Résidence du Soleil couchant, je n'ai pas vérifié, comme je le faisais systématiquement, que la voie était libre et je me suis engagée dans le couloir, tête baissée. Aussi, ai-je été bien surprise de me retrouver nez à nez avec Grand-mère et un pompier. La porte de Mme Graybill n'était pas entrouverte comme elle ne manque jamais de l'être lorsqu'elle cherche à m'espionner, mais grande ouverte.

— Qu'est-ce qui s'est passé ? ai-je aussitôt demandé à Grand-mère.

— Elle est tombée, semble-t-il.

Au même moment, deux brancardiers sont sortis, portant une civière sur laquelle Mme Graybill était allongée. Son visage, d'habitude assez pâle sous ses cheveux emmêlés et son rouge à lèvres, était encore plus blanc que les draps.

— Elle est morte ? n'ai-je pas pu m'empêcher de souffler.

Mme Graybill a dû m'entendre car elle a ouvert un œil et a remué les lèvres, comme pour proférer une dernière méchanceté avant de mourir.

— Elle a un bras cassé et des bleus un peu partout, mais elle va s'en sortir, a expliqué l'un des brancardiers.

Grand-mère s'est penchée vers la civière.

— Ne vous en faites pas, Daisy, a-t-elle dit à l'oreille de Mme Graybill. Ça va aller.

Mme Graybill a refermé l'œil qu'elle avait ouvert, et a secoué la tête.

Une fois seules, on est rentrées dans l'appartement, Grand-mère et moi, et on s'est affalées sur le canapé.

— Quelle soirée ! s'est exclamée Grand-mère.

— À qui le dis-tu !

— Tu n'as pas retrouvé le chien ?

— Non.

— Marissa a téléphoné. Elle veut que tu la rappelles, quelle que soit l'heure.

Je suis immédiatement allée dans la cuisine et j'ai composé le numéro de Marissa en tremblant. La première sonnerie n'était pas terminée qu'elle a décroché en hurlant :

— Sara !

— Que se passe-t-il ?

— C'est tellement bizarre ! Tellement bizarre, a-t-elle répété.

— Quoi donc ?

— J'ai reçu un coup de fil de notre voisine, Mme Landvogt.

— Mme Landvogt est votre voisine ?

— Oui. Elle habite juste en face de chez nous, de l'autre côté de la rue.

— Tu la connais ?

— Non.

— Mais pourquoi elle t'a appelée, alors ?

— C'est ça qui est bizarre. Elle m'a dit : « Prévenez Sara qu'elle doit être chez moi demain matin, à neuf heures précises. Faites le nécessaire. C'est un ordre. »

— Je n'y comprends rien ! Je la croyais à l'hôpital !

— Eh bien, elle a dû sortir plus tôt que prévu.

— Comment sait-elle que nous sommes amies ?

— Aucune idée. Et quand je lui ai demandé « Sara Kay ? », tout ce qu'elle a répondu, c'est : « Je veux qu'elle soit ici à neuf heures ! » et elle a raccroché.

J'ai attendu d'avoir enregistré ce que je venais d'entendre avant de réagir.

— Peut-être que Vera l'a prévenue, ai-je suggéré enfin.

— Peut-être. Je n'en sais rien. Ce qui est sûr, c'est qu'on doit être là-bas demain à neuf heures.

— On ?

— Eh bien, oui. Toi et moi.

J'ai aussitôt retrouvé le moral.

— D'accord ! Je serai chez toi demain matin à neuf heures moins le quart.

Après avoir raccroché, je me suis dit que, dans la mesure où rien n'était arrivé par ma faute, je devais tout au plus quelques excuses à cette dame. Mais au fond de moi, j'avais le pressentiment que quelques mots d'excuses ne suffiraient pas à régler le problème.

Pas avec Mme Landvogt.

4

En arrivant chez Mme Landvogt, je m'attendais à être impressionnée. Il faut dire que East Jasmine n'est pas un quartier comme les autres. Par exemple, Marissa pourrait très bien organiser une pyjama-party tous les soirs de la semaine pendant un an d'affilée, sans que sa mère s'en aperçoive. Cela donne une petite idée de la taille des maisons. Cela dit, quand on a sonné chez Mme Landvogt, même Marissa avait les yeux qui sortaient de leurs orbites.

Quant à moi, j'avais l'impression d'être une mendiante à la porte d'un palais. Je n'arrêtais pas de regarder par-dessus mon épaule, persuadée que d'un instant à l'autre, quelqu'un allait me tirer dessus pour avoir pénétré dans une zone interdite.

— Tu as vu la boîte à lettres ? a murmuré Marissa.

— Tu crois que c'est de l'or ?

Elle a hoché la tête, puis elle m'a montré la poignée de la porte. Elle représentait une tête de taureau – en or également –, avec un énorme anneau dans les naseaux.

— Quelle horreur ! me suis-je exclamée.

— Chut ! J'entends quelqu'un.

Je m'attendais à voir un majordome en costume noir, avec un nœud papillon et le regard méprisant. J'ai été bien surprise de voir Tina Landvogt en personne qui ouvrait la porte. D'accord, elle nous regardait de haut, mais elle n'avait pas de nœud papillon. Elle portait tout simplement un jean, des bottes et un grand T-shirt.

Elle a souri à Marissa.

— Sara ?

Marissa a fait non de la tête et m'a montrée du doigt.

— Sara, c'est elle.

— Entrez. Maman est en haut.

Quand elle a refermé la porte, un léger tintement, comme un carillon qui aurait le hoquet, a retenti.

— Je vous préviens, elle est d'assez mauvaise

humeur, a continué Tina en allumant les lumières du sapin de Noël avant de nous inviter à la suivre.

Alors qu'on traversait le hall, Marissa m'a donné un coup de coude.

— Regarde un peu le lustre ! a-t-elle soufflé.

J'ai levé les yeux. On aurait dit un manège en cristal. J'étais tellement ébahie que j'ai continué à marcher, tête en l'air, comme si je suivais la trajectoire d'une comète dans le ciel.

— Allez, les filles ! En voiture ! a annoncé Tina en s'arrêtant devant la porte d'un ascenseur.

Marissa a failli s'étouffer.

— Un ascenseur ?

Tina a hoché la tête, l'air de dire : « S'il n'y avait que ça », et nous a fait signe d'entrer.

— Cela dit, il est assez pratique pour maman ces derniers temps, a-t-elle fait remarquer en appuyant sur un bouton.

Comme elle souriait, j'ai risqué une question.

— Au fait, comment s'est-elle cassé la jambe ?

— En trébuchant sur cette imbécile de chienne, évidemment !

L'ascenseur s'est arrêté. Tina a ouvert la porte et nous a indiqué une pièce dont la porte à double battant était grande ouverte.

— Maman vous attend. Bonne chance ! a-t-elle lancé avant de redescendre.

Je dois avouer que mon cœur battait assez vite. Mais que pouvait Mme Landvogt contre moi ? Oh, elle allait sans doute hurler, m'insulter... Mais à part ça ?

Arrivées devant la chambre, on est restées bouche bée, Marissa et moi. Tout était blanc : les murs, les rideaux, la moquette, les meubles, même la télé. Et adossée à des coussins blancs, au milieu d'un grand lit blanc, Mme Landvogt trônait, habillée de vert. En effet, à l'exception de sa jambe plâtrée, elle était en vert des pieds à la tête : depuis le turban qui entourait ses cheveux jusqu'à sa chemise de nuit et son peignoir. Même ses ongles, qui brillaient comme la carrosserie d'une voiture de sport, étaient verts.

On la regardait, fascinées, quand elle a lancé, sans même tourner la tête tant elle était occupée à appuyer sur les boutons d'une télécommande :

— Qu'est-ce que vous attendez pour entrer !

On s'est avancées timidement.

— Regardez-moi ça ! a-t-elle continué en désignant le poste de télévision. La voilà qui s'enfuit ! Ne me racontez pas que vous avez essayé de la retenir.

J'ai alors compris qu'elle était en train de visionner la vidéo du défilé, et qu'elle se repassait en boucle les trente secondes d'enregistrement où l'on voyait Marique sauter du char.

— Et vous êtes restée debout à ne rien faire ! a-t-elle continué sur le même ton.

Elle a arrêté la bande pour la faire avancer image par image. Pas de doute, c'était bien moi, debout dans le fond, droite comme un piquet, les yeux écarquillés.

— Pourquoi ne l'avez-vous pas attrapée ?

— Je... Je suis désolée, Mme Landvogt. Je suis descendue du char le plus vite possible.

— Vous appelez ça vite ?

— Si vous passiez la bande à la vitesse normale...

— Taisez-vous !

J'ai bondi en arrière, comme si j'avais été mordue par un crocodile, et j'ai sagement regardé Marique en train de sauter du char. Image par image.

— Et n'essayez pas de mettre ça sur le compte des chats ! a-t-elle ajouté d'une voix menaçante.

— Je n'ai jamais rien dit, bien qu'ils...

— Cessez de vous trouver des excuses !

— Mais...

— Ça suffit !

Au même instant, Tina frappait à la porte.

— Je croyais t'avoir dit que je ne voulais pas être dérangée, a pesté Mme Landvogt d'un ton sec. Ne me suis-je pas bien fait comprendre ?

— Si, mais j'ai pensé que ça t'intéresserait de jeter un coup d'œil à ça.

— De quoi s'agit-il ?

Tina s'est approchée et lui a tendu une feuille de papier.

— Quelqu'un l'a glissée dans la boîte aux lettres.

Mme Landvogt a pris la feuille, l'a dépliée et a dit :

— C'est une... une demande de rançon ?

Tina a hoché la tête.

On s'est aussitôt approchées, Marissa et moi. Au dos de la feuille, on pouvait lire, écrit avec des lettres découpées dans un magazine : *LILIA LANDVOGT*. Et de l'autre côté : *VOUS VOULEZ VOTRE CHIENNE ? MOI JE VEUX 50 000 DOLLARS. SI VOUS APPELEZ LA POLICE, JE LUI COUPE LA GORGE.*

Mme Landvogt a immédiatement changé de couleur pour devenir aussi blanche que les murs de sa chambre.

— Cinquante mille dollars ! Mais ils sont fous ! a-t-elle hurlé. Aucun chien ne vaut cinquante mille dollars !

Puis, en tapotant sur la feuille du revers de la main, elle a gémi :

— Mon bébé ! Quel monstre est capable de voler mon bébé ?

— Tu veux que j'appelle la police ? a suggéré Tina.

— Certainement pas !

— Tu ne vas pas payer, j'espère ?

— Bien sûr que non, si je peux faire autrement ! s'est-elle exclamée.

Puis, après avoir poli son ongle pendant quelques secondes, elle a ajouté :

— Je voudrais m'entretenir avec Sara. Seule à seule.

Tina a aussitôt fait signe à Marissa de la suivre. Résultat, je me suis retrouvée seule dans cette grande pièce blanche, avec une femme qui me faisait de plus en plus songer à un crocodile. Elle a arrangé les coussins dans son dos puis m'a observée, un drôle de sourire aux coins des lèvres. Avait-elle l'intention de me dévorer en une seule bouchée ou envisageait-elle de me grignoter lentement ?

— J'ai appris que vous étiez un fin limier, me dit-elle.

J'ai baissé les yeux en haussant les épaules.

— Retrouver mon chien ne devrait donc pas vous poser de problème.

J'ai relevé la tête.

— Sauf que je n'ai aucune piste, ai-je fait remarquer. Je n'ai pas la moindre idée de qui a pu voler votre chienne !

— Eh bien, vous n'avez qu'à en chercher, des idées, a-t-elle rétorqué tout en polissant une autre de ses griffes. N'est-ce pas, Sara ?

J'ai inspiré profondément.

— Écoutez, Madame Landvogt, j'ai cherché Marique pendant des heures. Personne ne l'a vue. Et on apprend aujourd'hui qu'elle a été kidnappée. Vous feriez peut-être mieux d'appeler la police !

Elle m'a lancé la feuille au visage en hurlant :

— Ils vont la tuer !

— Mais...

— Et il est hors de question que je paie cinquante mille dollars pour quelque chose qui m'appartient déjà ! C'est à vous de la retrouver et de me la ramener ! a-t-elle hurlé en soufflant par ses narines.

— Je peux essayer...

— Vous allez faire plus qu'essayer, m'a-t-elle coupée. Vous allez réussir !

Son sourire de crocodile a alors réapparu sur son visage.

— Et si vous échouez, a-t-elle commencé, je n'aurai pas d'autre solution que d'avertir les autorités de votre mode de vie.

— Mon mode de vie ? ai-je répété.

— Ne faites pas l'innocente avec moi, Sara. Je sais tout sur vous, et si vous ne voulez pas finir à la rue, je vous conseille de retrouver ma chienne, et au plus vite !

Je l'ai regardée, bouche bée.

— Aucune loi ne m'interdit de vivre avec ma meilleure amie !

Elle a rejeté sa tête enturbannée en arrière et a éclaté de rire.

— Vous n'imaginez tout de même pas que je vais croire à ces histoires ? Je sais très bien que vous habitez à la Résidence du Soleil couchant. Cessez donc ce petit jeu, voulez-vous ?

J'en avais assez entendu. Sans prendre la peine de la saluer, je me suis dirigée vers la porte. Au moment où je m'apprêtais à passer le seuil de la pièce, elle a ajouté :

— Dommage pour votre grand-mère.

Mon sang s'est glacé dans mes veines.

— Je ne crois pas qu'elle aimerait vivre dans la rue en plein hiver, a continué Mme Landvogt, perfide.

Je me suis retournée et je l'ai fixée droit dans les yeux.

— Vous ne pouvez rien contre ma grand-mère et vous le savez très bien.

Le Crocodile s'est mis à examiner une de ses griffes.

— Vraiment ? Il me semble pourtant qu'elle ne respecte pas vraiment les conditions de location... Quelques coups de fil suffiraient pour que votre petit appartement soit occupé par l'une des nombreuses personnes dont le nom figure sur la liste d'attente.

Je n'en revenais pas !

— Si j'étais à votre place, je partirais tout de suite.

Vous avez du pain sur la planche, a-t-elle lâché avec un sourire diabolique.

J'ai tourné les talons et je suis sortie en claquant la porte. Quand je me suis retrouvée dans le hall d'entrée, encore tremblante de rage, j'ai compris que je n'avais pas le choix.

Je devais retrouver Marique.

5

On a passé l'heure suivante à essayer de trouver une solution pour sortir de ce guêpier, Marissa et moi. Finalement, comme je n'avais ni l'intention de déménager ni l'intention de tuer qui que ce soit, j'ai décidé d'aller mener l'enquête au salon de toilettage.

Vera était en train de doucher un schnauzer lorsque je suis entrée.

— Tu l'as retrouvée ? a-t-elle immédiatement demandé en fermant le robinet de la douche.

J'ai secoué la tête, l'air navré.

— Malheureusement, non.

— Je n'aurais jamais dû te demander de t'occuper d'elle, Sara. Je suis désolée.

— Ce n'est pas votre faute, Vera. Vous ne...

— Je suis bien placée pour savoir à quel point cette femme peut être odieuse ! Chaque fois qu'elle m'amène Marique, elle n'arrête pas de se plaindre : ou bien l'eau est trop chaude ou bien c'est le séchoir qui souffle trop fort ou alors c'est moi qui brosse son précieux toutou trop vigoureusement. Elle me met les nerfs en boule !

— Holly m'a dit qu'elle voulait faire supprimer votre licence. En a-t-elle vraiment le pouvoir ?

Vera a levé le pommeau de la douche dans un geste d'impuissance.

— Lilia Landvogt semble avoir les moyens de faire à peu près tout ce qu'elle veut.

— Mais vous n'avez même pas touché à un poil de sa chienne !

— Tout le problème est là. Elle dit que si je m'étais occupée de Marique, elle ne se serait jamais enfuie. Il faut bien qu'elle accuse quelqu'un. Et ce quelqu'un, c'est moi.

— C'est moi aussi, ai-je fait remarquer d'un ton très calme.

Vera m'a jeté un coup d'œil par-dessus son épaule.

— Sauf qu'elle ne peut pas grand-chose contre toi.

J'ai baissé les yeux sans rien dire.

Vera a coupé l'eau et m'a observée tandis que je

poussais du pied une boule de poils qui traînait par terre. Tout à coup, elle a compris.

— Non ! Ce n'est pas possible ! Mais comment cette femme fait-elle pour savoir tout ça ? s'est-elle exclamée en recommençant à doucher le chien.

— Hudson dit que l'argent peut faire des miracles. Quand on en a beaucoup, évidemment.

Vera a de nouveau coupé l'eau.

— En tout cas, Lilia Landvogt n'est pas le genre de femme à verser des pots-de-vin. Radine comme elle est !

J'ai médité sur cette dernière remarque un instant avant de dire :

— Vous ne croyez donc pas qu'elle paierait cinquante mille dollars pour récupérer sa chienne ?

— Cinquante mille dollars ! Qu'est-ce que tu racontes ?

— Marique a été kidnappée. Et les ravisseurs réclament cinquante mille dollars.

Vera a ouvert une bouche grande comme un four à pain.

— Cinquante mille dollars ! Mais c'est invraisemblable !

— C'est pourtant vrai.

Elle a sorti le schnauzer de la baignoire et m'a demandé :

— Pourquoi n'appelle-t-elle pas la police, au lieu de te menacer ?

J'ai aidé Vera à frictionner le chien avec une serviette puis à l'installer dans la cabine de séchage et, tout en lui racontant l'histoire de la rançon, je lui ai expliqué pourquoi je devais absolument retrouver Marique.

— Tout ça est grotesque, a-t-elle déclaré en branchant le séchoir. Cette femme est grotesque. Comment croit-elle que tu peux retrouver son imbécile de chienne ? J'ai bien envie d'appeler la police moi-même.

— Non, Vera ! Surtout pas !

Elle m'a regardée en soupirant.

— Tu as raison.

— J'espérais que vous auriez peut-être quelques petites idées.

— Sur quoi ? L'identité des ravisseurs ?

J'ai hoché la tête.

Elle m'a fait signe que non puis a dit :

— Quand on connaît Lilia, on sait à quel point elle tient à cette chienne. Et elle a de l'argent.

— Donc vous pensez qu'elle serait prête à payer pour la récupérer ?

— En tout cas, elle perd facilement la tête dès qu'il s'agit de cet animal.

— Vera, vous voyez qui aurait pu l'enlever ?

Vera a levé les yeux au ciel.

— La moitié de la ville a assisté au défilé. Ce qui fait qu'on peut soupçonner tout le monde.

— Est-ce qu'elle a des ennemis ?

Vera a éclaté de rire.

— Mon Dieu ! La liste va être longue. Et tu peux y ajouter mon nom. Surtout depuis qu'elle menace de faire retirer ma licence !

Je sentais une petite idée germer dans ma tête.

— Que Marique participe à ce défilé devait être très important pour elle, non ? Si j'ai bien compris, elle ne s'en sépare quasiment jamais.

— C'est vrai.

— Et imaginez que Marique ait sauté du char juste devant la tribune des juges. Voilà qui aurait été très embêtant...

Vera m'a observée attentivement en fronçant les sourcils.

— Où veux-tu en venir ?

— Je ne sais pas...

J'ai hésité une seconde, puis j'ai demandé :

— Où se trouve l'imprimerie de M. Petersen ?

— Royce Petersen ! Pourquoi veux-tu parler à cet abruti ?

J'ai haussé les épaules.

— Il a peut-être une idée. Il connaît les propriétaires des autres chiens. Et je peux vous assurer qu'aucun n'avait l'air ravi de voir que Marique était la vedette du jour. Qui sait si l'un d'eux n'aurait pas manigancé tout ça ?

Vera est allée chercher la pelle.

— Sa boutique donne sur Main Street, à environ cinq cents mètres d'ici. Je ne crois pas qu'il travaille le dimanche, mais comme on approche de Noël, il se peut qu'il soit là.

J'ai attrapé le balai et je l'ai aidée à ramasser les poils de chien.

— Je vais y faire un saut.

— Demande à Holly de t'accompagner, a-t-elle dit sur un ton inquiet. Elle est sortie faire une course. Elle ne devrait pas tarder.

— Je vous remercie, Vera, mais je crois que je vais y aller tout de suite.

Cinq minutes plus tard, je marchais le long de Main Street.

Jamais je ne m'étais aventurée aussi loin. Passée la bijouterie Melvin Jewelers, le quartier devient sinistre.

Je n'ai eu aucun mal à repérer l'imprimerie de M. Petersen. C'est la première boutique après un passage, probablement destiné aux livraisons. Les vitres étaient sales et munies de barres de fer.

Bien que l'enseigne accrochée à la porte d'entrée

ait indiqué « Fermé », j'ai essayé d'ouvrir après avoir vu qu'un néon brillait à l'intérieur de la vitrine. Mais la porte était fermée à clé. Peut-être y avait-il une autre porte derrière ?

J'ai contourné la boutique et, une fois devant le passage, j'ai hésité à m'y engager. Il y faisait très sombre, même en plein jour. J'étais sur le point de renoncer quand j'ai remarqué une voiture garée un peu plus loin, devant une boutique dont le rideau de fer était relevé. Je me suis approchée, et j'ai su aussitôt qu'elle ne pouvait appartenir qu'à M. Petersen. Noire et brillante, avec des ailes arrondies et des panneaux latéraux qui recouvraient à moitié les roues, elle évoquait... un gros cafard.

Je n'avais pas l'intention de la toucher ! En fait, je l'ai à peine effleurée. Mais apparemment, cela a suffi pour déclencher l'alarme. J'ai fait un bond d'un mètre, et avant même que mes pieds ne retombent à terre, la porte de la boutique s'est ouverte et M. Petersen s'est matérialisé devant moi, un revolver braqué sur ma poitrine.

— Je suis désolée ! me suis-je exclamée. Je ne l'ai pas fait exprès !

M. Petersen a plissé les yeux et abaissé son arme.

— Tiens, tiens... Mais tu ne serais pas la petite maligne qui a perdu la chienne ? a-t-il dit en ouvrant la portière de sa voiture pour éteindre l'alarme.

La colère m'a saisie à la gorge.

— Moi ? Et qui a continué à faire avancer le char, hein ?

— Dis donc ! Surveille tes paroles !

Il a rangé son revolver dans la ceinture de son pantalon et a marmonné :

— Comme si les réflexions de cette vieille sorcière ne suffisaient pas...

— Vous voulez parler de Mme Landvogt ?

— Ne me fais pas dire ce que je n'ai pas dit.

— Que se passe-t-il ? Elle vous menace, vous aussi ? Elle prétend faire fermer votre boutique ?

M. Petersen m'a regardée avec autant de mépris que si j'étais un rat d'égout.

— C'est déjà fait, a-t-il répondu. Mais qu'est-ce que tu fabriques ici ?

— Les affaires marchent encore, à ce que je vois, ai-je répliqué, sans tenir compte de sa question.

— Si le boulot d'esclave que je fais ici, vingt-quatre heures sur vingt-quatre, tu appelles ça des affaires, alors oui, elles marchent encore.

Puis il a baissé la voix et a ajouté :

— Écoute-moi bien. Je ne sais pas ce que tu cherches en venant fouiner par ici, mais si tu as un peu de jugeote, tu devrais comprendre que tu as intérêt à partir au plus vite.

Mes méninges travaillaient à cent à l'heure.

J'essayais désespérément d'ajuster les pièces du puzzle dans ma tête.

— Je ne suis fouine pas ! Je...

Tout à coup, j'ai senti comme un déclic.

— On voit bien qu'elle vous tient, ai-je déclaré.

— Qu'est-ce qui te fait dire ça ?

— Comment expliquez-vous qu'un chien avec un pedigree se retrouve sur la couverture du calendrier de Santa Marina ?

À voir l'expression de son visage, j'ai compris que j'avais touché juste. Et cela a dû le désarçonner, car il s'est écrié :

— Cette sorcière t'a envoyée ici pour me harceler ! C'est pour ça que tu es ici ! Eh bien, tu peux lui dire que je trouve lamentable d'envoyer une gosse faire le sale boulot à sa place. Tu peux aussi lui dire qu'elle perd son temps. Je ne lui céderai plus. C'est terminé !

Sur ces paroles, il est rentré dans la boutique. J'ai alors aperçu la crosse de son revolver qui dépassait de sa ceinture.

— Fiche-moi le camp ! Tu m'entends ? a-t-il hurlé. Et ne remets plus jamais les pieds ici !

J'ai compris que tout espoir d'obtenir de cet homme un renseignement était perdu.

Royce Petersen venait tout bonnement de me chasser de son territoire.

6

Je me suis mise à marcher, histoire de réfléchir. Du coup, j'ai fait un détour par Broadway avant de rentrer à la Résidence du Soleil couchant.

Arrivée devant l'immeuble, j'ai pris l'escalier de service tout en continuant à réfléchir à M. Petersen et à la façon dont il m'avait terrorisée avec son revolver. Curieusement, plus je montais, plus je me sentais en sécurité. Je n'avais plus l'estomac noué à cause de la peur, mais à cause de la faim ! Je mourais de faim !

J'allais me préparer un énorme sandwich au jambon et au fromage. Rien qu'à cette idée, j'en avais l'eau à la bouche et j'ai grimpé les dernières marches quatre à quatre. Ce n'est que sur le palier du cinquième étage que je me suis souvenue des événements de la veille. Super ! Je n'avais plus à me soucier de Mme Graybill ! Je pouvais entrer chez Grand-mère en toute tranquillité, sans me sentir espionnée.

Grand-mère était au téléphone. Elle m'a fait un rapide signe de la main et a repris sa conversation.

Elle avait l'air consterné quand elle a raccroché.

— Que se passe-t-il, Grand-mère ? ai-je demandé.

— Personne ne sait où elle est partie.

— Qui ça ?

— Daisy, voyons !

Je dois dire que la nouvelle n'était pas pour me déplaire.

Grand-mère a enfilé son tablier.

— Je viens de passer trois quarts d'heure au téléphone, et tout ce que j'ai réussi à savoir, c'est qu'elle est sortie de l'hôpital. Ils refusent de me donner le moindre renseignement sous prétexte que je ne fais pas partie de la famille. Peu leur importe qu'une de ses amies s'inquiète à son sujet.

— Une de ses amies ? ai-je répété.

— Oh, Sara, je t'en prie ! Une femme s'est blessée, la moindre des politesses est de prendre de ses nouvelles, non ?

Elle a noué son tablier derrière son dos avant d'ajouter :

— Peut-être est-elle en chemin à l'heure qu'il est.

Je n'osais pas lui avouer que le retour de Mme Graybill était au contraire la pire chose qui pouvait nous arriver.

Elle n'hésiterait sûrement pas à verser tout l'argent de sa pension à Mme Landvogt pour l'aider à se débarrasser de moi ! Mais plus j'y songeais, plus je me disais qu'il valait mieux ne rien dire à Grand-mère. Si je lui laissais entendre qu'on était en première place sur la liste des futures proies de Mme Croco, elle n'en dormirait plus.

Finalement, en vivant ici, je ne faisais que causer des soucis à Grand-mère. Cette pensée m'a tellement attristée que j'en ai eu l'appétit coupé, et mon envie de sandwich au jambon et au fromage s'est envolée.

J'étais debout, à me demander ce qu'on allait devenir, Grand-mère et moi, si Mme Landvogt nous dénonçait, quand le téléphone a sonné.

Grand-mère a décroché, et pendant une éternité, elle est restée sans voix, avec les yeux qui grossissaient derrière ses lunettes rondes. Soudain, je l'ai entendue dire :

— Lana ! Lana ! Parle moins vite ! Sur quelle chaîne, dis-tu ? NBC ? C'est formidable ! On va allumer la télévision tout de suite.

Elle s'est tournée vers moi et s'est écriée :

— Elle a réussi !

Grand-mère s'est précipitée dans la salle de séjour pour allumer la télé, et moi, je suis restée figée sur place. Il faut dire que Lady Lana, c'est-à-dire ma mère, m'avait déposée ici il y a plus d'un an parce qu'elle n'avait plus envie d'être maman. Elle avait envie d'être actrice. Au début, quand elle appelait et me disait qu'elle allait bientôt revenir, je la croyais, et je l'attendais avec impatience, parce qu'elle me manquait. Et puis, j'ai finalement compris que « bientôt », signifiait pour elle « plus tard », et qu'elle ne s'intéressait plus beaucoup à moi. Elle s'intéressait à sa carrière d'actrice.

Peu à peu, je me suis habituée à vivre avec Grand-mère, à dormir sur le canapé, à cacher mes vêtements, à me glisser discrètement pour entrer et sortir de la résidence. Je m'étais même habituée à Mme Graybill. Pire ! Je préférerais encore devoir me faufiler pour échapper à la surveillance de dix Mme Graybill, plutôt que de retourner vivre avec ma mère. Mais en voyant Grand-mère appuyer sur les boutons pour passer d'une chaîne à l'autre, j'ai compris que ce temps était révolu : ma mère avait réussi et ma vie ici allait prendre fin.

Je suis entrée en vacillant dans la salle de séjour.

J'avais l'impression que l'air était devenu irrespirable.

— Elle joue dans un film ? ai-je demandé.

— Non, dans une publicité ! Elle dit qu'on peut gagner beaucoup d'argent dans la pub, et elle pense avoir enfin mis un pied dans le monde du spectacle. C'est merveilleux, tu ne trouves pas ? Ta mère va passer à la télé !

Je me suis assise sur le canapé, et j'ai essayé de me rappeler à quelle occasion j'avais vu Grand-mère dans un tel état d'excitation.

— C'est une pub pour quel produit ?

— Elle n'a pas voulu me le dire. Mais il paraît que c'est drôle à regarder. Enfin, que c'est censé être drôle.

Je n'avais pas du tout envie de rire. J'avais plutôt envie de pleurer. Grand-mère s'est assise à côté de moi et m'a serrée contre elle.

— Ça va ?

Je me suis forcée à sourire et j'ai hoché la tête.

Tout à coup, elle est apparue. Je ne l'avais pas vue depuis un an, mais il n'y avait pas de doute, c'était bien ma mère. Elle a souri comme seule est capable de sourire Lady Lana. Puis elle a pris un air grave et a dit : « Tout le monde a des gaz. »

J'ai cessé de respirer, et j'ai caché mon visage dans

mes mains. Mais entre mes doigts, je l'apercevais qui disait :

« Parfois, lorsque la pression est trop forte, je me sens devenir comme ça... » Et son corps s'est mis à gonfler et à s'élever dans les airs comme un ballon de baudruche. « Quand cela arrive, je prends Stop-Gaz, et aussitôt je me sens mieux. » Elle a brandi une boîte de StopGaz et a aussitôt retrouvé sa silhouette normale, puis elle a souri à la caméra.

« Essayez, vous aussi, quand vous vous sentirez comme ça... » Et son corps s'est remis à gonfler comme une montgolfière. « Vous vous sentirez beaucoup mieux ! » À nouveau, on l'a vue rétrécir, puis elle a disparu.

On est restées hébétées, devant la télé. Puis Grand-mère a fini par dire :

— Il faut un début à tout.

Je me suis levée et j'ai éteint la télé.

— Ma mère, Madame StopGaz...

— Voyons, Sara, n'exagère pas. Elle a dû travailler dur pour en arriver là.

— Qu'elle joue dans un film ! Dans une sitcom ! Même dans une série médiocre, je veux bien. Mais dans une pub pour StopGaz, ça non !

Le téléphone a sonné. Grand-mère a soupiré.

— C'est sûrement elle. Essayons de voir les choses positivement, veux-tu ? a proposé Grand-mère. Elle est toute contente, il ne faut pas la décourager. Qui sait ? Peut-être que cette première apparition à la télé peut lui permettre d'obtenir un rôle dans un film ou dans une série télévisée.

Quand Grand-mère a décroché, je suis partie. Je ne me voyais pas en train de féliciter Madame Stop-Gaz dont la prestation télévisée m'avait laissée au bord de l'indigestion.

Une fois dans la rue, je n'ai pas cherché longtemps où me réfugier. Je suis allée chez Hudson.

Je n'avais pas l'intention de discuter, mais simplement de passer un moment assise sous sa véranda, histoire d'oublier tout ça.

Dès qu'il a vu ma tête, il s'est écrié :

— Oh ! Oh ! Ça ne va pas fort, on dirait. Qu'est-ce qui t'arrive ?

— Je ne veux pas en parler.

Il s'est mis à tirer sur un de ses sourcils.

— Inutile d'insister. Je n'en parlerai pas, ai-je répété.

— Très bien. Bois au moins une tasse de thé et dis-moi ce que tu as décidé de faire au sujet de Hazel Acosta.

— Hazel ! me suis-je exclamée. Je n'ai pas eu une seconde pour penser à elle. De toute façon, je ne vais rien faire. Si ça l'amuse de lancer des chats sur un char, c'est son problème.

Hudson a posé un pied sur la rambarde.

— Eh bien... Pour parler de la sorte, tu dois être de mauvaise humeur.

— Ça, tu peux le dire.

— De très mauvaise humeur, même. Je m'étonne que tu ne t'intéresses pas à Hazel...

À vrai dire, je m'intéressais à elle. Mais je n'avais pas eu beaucoup le temps de réfléchir à son cas, et comparée aux autres monstres qui gâchaient mon existence, elle faisait pâle figure.

— Qu'est-ce que je peux faire ? ai-je demandé en soupirant.

Il a souri d'un air malicieux.

— J'ai une petite idée qui ne te prendrait pas beaucoup de temps.

Je me suis redressée.

— C'est quoi ?

— Tu connais l'histoire du *Cœur révélateur* ? a demandé Hudson en lissant son sourcil.

— Oui, c'est un conte d'Edgar Poe. Mais je ne vois pas le rapport.

— Il te suffit de te comporter comme si tu étais la conscience d'Hazel. Rappelle-lui, par ta manière d'agir, que tu sais ce qu'elle a fait. Une âme coupable ne peut garder un secret longtemps.

— Hazel n'a pas d'âme. Et elle se moque éperdument que je sache ou non ce qu'elle a fait.

Hudson s'est remis à rire doucement.

— Elle ne s'en moquerait pas si elle savait que tu prépares une vengeance.

— Une vengeance ? Mais Hudson, je n'ai pas le temps de préparer une vengeance !

Il m'a adressé le même sourire malicieux.

— La vengeance s'exercera d'elle-même, a-t-il dit. Il te suffit de mettre en place les circonstances.

— Quoi ?

— Bon. Reprenons depuis le début. Comment te comportes-tu avec elle ? Est-ce que tu es aimable ou plutôt désagréable ?

— Je me contente de l'éviter.

— Tu n'es pas agressive ?

— Non.

— Tu lui parles ?

— Non. J'essaie de ne pas me trouver sur son chemin, c'est tout.

Hudson a recommencé à sourire.

— Et si tu changeais radicalement d'attitude à son égard ? Si tu étais soudain tout à fait charmante avec elle, par exemple ?

J'ai réfléchi pendant quelques secondes.

— Elle se demanderait ce qui me prend et se méfierait, ai-je dit.

— Envisageons maintenant le scénario inverse. Si

tu te comportais comme si tu étais en train de monter un plan contre elle ?

J'ai éclaté de rire.

— Ça la mettrait dans tous ses états, j'imagine. Mais, jamais elle ne reconnaîtrait que c'est elle qui a lancé les chats sous prétexte qu'elle aurait peur de moi !

— Rappelle-toi l'histoire du *Cœur révélateur*.

— Ce n'est qu'un conte.

— Il ne tient qu'à toi de faire que cette histoire devienne réalité.

J'ai respiré profondément en regardant le ciel.

— Je vais y réfléchir.

— Ah ! J'aime mieux ça !

Il a rempli ma tasse avant d'ajouter :

— Alors, comment ça s'est passé avec Élisa, aujourd'hui ?

Je me suis redressée d'un bond.

— Zut ! J'avais complètement oublié !

— Drôle d'amie..., a fait Hudson en secouant la tête.

— Oh ! Hudson, n'en rajoute pas. J'ai passé une journée abominable.

— Tu devrais aller la voir, tu sais.

— Tu cherches à te débarrasser de moi ?

— Jamais de la vie, Sara ! Mais je crois qu'elle t'attend. Je l'ai aperçue tout à l'heure en allant acheter le journal. Elle était perchée sur le rebord d'une fenêtre, et elle regardait dehors.

— Et alors ?

— Elle était toujours là quand je suis revenu.

— Tu plaisantes !

— Pas du tout.

— Je ferais mieux d'y aller.

J'ai descendu les marches en courant, et j'ai entendu Hudson qui criait dans mon dos :

— Pense au *Cœur révélateur* !

Élisa n'était plus assise sur le rebord de la fenêtre. Elle avait les coudes appuyés dessus, et la tête dans les mains. Dès qu'elle m'a vue, elle a bondi et s'est mise à crier. J'étais trop loin pour l'entendre, mais je devinais qu'elle disait :

— Maman ! Elle est là ! Elle est là !

La porte s'est ouverte avant même que j'aie frappé. Mme Keltner se tenait à côté de sa fille, et s'essuyait les mains avec un torchon.

— Tu viens de rendre le sourire à ma petite fille, a-t-elle dit.

Élisa a attrapé ma main.

— Devine !

J'ai éclaté de rire.

— Quoi ?

— Tu vas m'emmener au parc !

— Moi ?

La maman d'Élisa s'est mise à rire à son tour.

— Seulement si tu as le temps, bien sûr. Et si ça te fait plaisir.

J'ai regardé Mme Keltner. Elle rayonnait, et tout à coup j'ai oublié ma mère, Mme Landvogt et son imbécile de chienne.

— Bien sûr que ça me fait plaisir, ai-je répondu en souriant.

Élisa a sauté à pieds joints.

— Allons-y ! a-t-elle crié.

— Une minute, ma chérie, a déclaré Mme Keltner. Nous avons passé un pacte, toutes les deux, tu te souviens ? Tu rentres et tu finis d'abord ton déjeuner. Ensuite tu pourras sortir.

Puis elle s'est tournée vers moi :

— Tu veux une assiette de macaronis au fromage ?

Si Mme Landvogt en personne m'avait convoquée à cet instant, je lui aurais répondu : « Excusez-moi, mais je dois d'abord aller manger des macaronis au fromage. » J'ai hoché vivement la tête, et deux minutes plus tard, j'attaquais mon plat de pâtes.

Élisa a fini avant moi.

— Je suis prête ! a-t-elle lancé, la bouche pleine.

Mme Keltner a souri.

— File d'abord mettre ton manteau.

Dès que sa fille a quitté la pièce, Mme Keltner a approché sa chaise de la mienne.

— Tu ne peux pas savoir à quel point je suis contente que tu sois venue, a-t-elle dit. Je n'ai pas vu Élisa aussi heureuse depuis... depuis très très longtemps, en fait.

Elle s'est penchée vers moi, et a murmuré :

— J'ai bien réfléchi. Je ne veux pas qu'Élisa soit au courant, mais j'aimerais te payer des heures de baby-sitting pour que tu viennes de temps en temps lui tenir compagnie.

J'ai secoué la tête.

— Cela ne m'embête pas du tout de l'emmener au parc, madame Keltner.

— Écoute, Sara. Je ne sais plus à quel saint me vouer. Je vois bien qu'Élisa ne va pas bien, mais elle refuse de pleurer. Élisa ne pleure jamais.

Elle a poussé un gros soupir.

— J'ai pris rendez-vous avec un psychologue, mais la personne que l'on m'a recommandée n'est pas disponible avant le mois de janvier. Je ne me fais pas de souci quand Élisa est à l'école ou à la maison, mais il se passe une heure entre le moment où elle sort de l'école et le moment où je finis mon travail, à la maison de retraite. Elle est censée m'y rejoindre, mais parfois elle... Disons qu'elle se laisse distraire.

Elle a jeté un coup d'œil dans le couloir pour s'assurer que la fillette n'écoutait pas aux portes.

— À quelle école vas-tu ? a-t-elle demandé.

— Je suis au collège William Rose.

— Formidable. Élisa va à Landview. C'est tout près. Est-ce que tu pourrais aller la chercher et me l'amener à la maison de retraite ? C'est à cinquante mètres de Main Street.

— Derrière le centre commercial ?

— Oui. Ce serait jusqu'aux vacances de Noël.

— Pas de problème !

Mme Keltner a poussé un long soupir de soulagement.

— Je te remercie !

Élisa est arrivée à ce moment-là.

— Je suis prête ! a-t-elle lancé et, en me laissant à peine le temps de saluer sa mère, elle m'a entraînée vers le parc.

À ma grande surprise, je me suis bien amusée. On a fait du toboggan, des pâtés de sable, de la balançoire. Et pendant tout ce temps, je n'ai pas pensé une seule fois à Madame StopGaz ni au *Cœur révélateur*, ni même au Crocodile. Je m'amusais, tout simplement.

Mais sur le chemin du retour, tout m'est revenu à l'esprit. Et lorsque j'ai déposé le petit elfe chez elle, je savais que j'allais devoir retourner voir le Crocodile.

Sauf que cette fois, c'est moi qui poserais les questions.

7

Une Jeep rouge était garée dans l'allée de la maison. J'ai cru un instant qu'elle appartenait à Tina, mais un autocollant sur le pare-brise indiquait : *Moniteur de ski*. Des lunettes de soleil traînaient sur le tableau de bord ; des drapeaux et un mégaphone étaient posés sur le siège arrière, avec un sac d'oranges et deux ou trois couvertures.

J'examinais la voiture sous toutes les coutures pour essayer de deviner qui pouvait bien être ce moniteur de ski, quand Tina est apparue sur le seuil de la maison.

— Mais qui vois-je ? Miss Détective en personne ! Alors, tu l'as retrouvée ?

J'ai secoué la tête et je suis entrée. Quand la porte s'est refermée derrière moi, j'ai entendu le même tintement que lors de ma première visite.

— C'est quoi, ce bruit ? ai-je demandé.

Tina a eu l'air étonné.

— Quel bruit ?

— Le bip que l'on entend quand la porte se ferme.

— Oh, ça ? C'est notre système d'alarme, a-t-elle répondu. Chaque fois qu'on ouvre une porte ou une fenêtre, l'alarme se déclenche, et on entend un bip. Pareil quand on referme.

— Ça fait bip, et c'est tout ?

— Oui. Maman l'appelle son ange annonciateur, a-t-elle expliqué en levant les yeux au ciel. Moi, je préfère dire la concierge. Bref, on ne peut rien faire dans cette maison sans que ça se sache, a-t-elle ajouté à voix basse.

Je ne sais pas pourquoi, mais Tina ne me semblait pas dans son état normal. J'ai vite compris qu'elle avait bu un verre de trop. Elle s'est arrêtée à l'entrée du salon et a de nouveau levé les yeux au ciel.

— Je te souhaite bonne chance pour t'immiscer dans la conversation de ces deux-là. Ils parlent gros sous.

Assise sur une chaise roulante, la jambe soulevée à l'horizontale, Dame Croco agitait son verre de cocktail et riait à gorge déployée. L'homme avec qui elle s'entretenait avait les cheveux blonds et le visage bronzé. Lui aussi tenait un verre.

— Lilia, vous êtes incroyable ! s'est-il esclaffé.

Dame Croco a ri de plus belle puis, sans le quitter des yeux, elle a tendu son verre en hurlant :

— Tina ! Sers-nous à boire !

— Je suis ici, maman, a répondu Tina du seuil de la pièce. Excuse-moi de jouer les trouble-fête, mais tu as de la visite, et si tu te souviens bien, Buddy et moi, on a des choses à faire.

Dame Croco a tourné la tête et a failli lâcher son verre en me voyant.

— Que diable faites-vous ici ?

— J'ai quelques questions à vous poser.

Buddy a haussé un sourcil interrogateur en regardant Tina.

— Oh, pardon, Buddy ! J'ai oublié de faire les présentations. Sara est le détective privé de maman.

Buddy a haussé son deuxième sourcil. Manifestement, il avait du mal à ne pas pouffer. Il s'est levé et, après une petite révérence au Croco, il a pris congé.

— J'ai été ravi de vous rencontrer, Lilia. J'ai appris plus de choses aujourd'hui qu'en trois ans d'études à l'université.

Le bip de l'alarme s'est fait entendre lorsque Buddy et Tina ont ouvert la porte d'entrée, et Dame

Croco a attendu qu'il retentisse de nouveau pour me demander :

— Où est ma chienne ?

— Je ne sais pas. Mais pour l'instant, j'aimerais revoir la vidéo que vous nous avez montrée l'autre jour.

— Pourquoi ?

Je l'ai regardée droit dans les yeux.

— Souhaitez-vous, oui ou non, que je retrouve votre chienne ?

— Ne soyez pas insolente, je vous prie ! Évidemment, je veux que vous la retrouviez ! Quelle question stupide !

— Alors il faut que je revoie la vidéo. J'aimerais aussi jeter un coup d'œil au calendrier.

Elle a désigné la porte du salon.

— Au bout du couloir, sur votre droite. Il est accroché dans la cuisine. Je vais préparer la vidéo.

J'ai suivi ses instructions et j'ai tout de suite repéré le calendrier.

Je me suis alors penchée à la fenêtre de la cuisine, et j'ai aperçu le terrain où devait s'ébattre Marique. Soudain, j'ai entendu une voix dans mon dos :

— Vous avez trouvé des indices ?

Comme je sursautais, Mme Landvogt a éclaté de rire. Puis elle a actionné une poignée sur sa chaise roulante et a fait demi-tour.

— Il va falloir que vous vous fassiez soigner les nerfs, si vous voulez jouer au détective privé.

Je me suis retenue de justesse pour ne pas exploser et j'ai répondu, aussi calmement que possible :

— Je ne veux pas être détective privé.

— Ça m'étonnerait, a répliqué Mme Landvogt en avançant.

J'ai décroché le calendrier et je l'ai suivie jusqu'à un vaste salon où la télévision avait la taille d'un écran de cinéma. Le Crocodile a installé la vidéo et m'a passé la télécommande.

J'ai appuyé sur la touche « avance rapide » pour arriver au passage où les chats se jetaient sur le char, puis j'ai examiné au ralenti le comportement des chiens. Trois seulement avaient sauté dans la direction où avait filé Marique. Le premier était un chien gris à poil ras, le second, un chien haut sur pattes avec de longs poils et le troisième, c'était Héros. J'ai feuilleté le calendrier pour chercher le chien à poil ras. Il figurait sur la page du mois de juillet, affublé de bottes et d'un chapeau de cow-boy, assis sur un panneau d'interdiction de stationner devant un arrêt de bus. J'ai jeté un coup d'œil à la légende. *Chien : Ribs. Propriétaire : Paula Nook. Photo : Paula Nook.*

— Que savez-vous de Paula Nook ? ai-je demandé au Croco.

Elle a ricané.

— Elle aime les barbecues, et ça se voit.

— C'est tout ?

Elle m'a regardée et elle a attrapé un agenda en cuir noir, posé près d'elle, sur sa chaise. Après en avoir tourné les pages, elle s'est éclairci la voix et s'est mise à lire à voix haute :

— *Paula Nook. 801 Braxton Way. Mariée deux fois. Divorcée deux fois. Mère d'une fille demeurant à Santa Luisa, qui vit avec une nullité adepte de rodéo. Possède quelques actions du Palmer's Bar, où elle travaille comme serveuse six soirs par semaine. A déclaré quatorze mille deux cents dollars aux impôts l'année dernière.* Autre chose ?

J'ai trouvé la photo du chien aux longs poils sur la page du mois d'août. Il était déguisé en clown, et posait, la patte en l'air, devant le portail de la fête foraine. J'ai brandi la photo pour la montrer à Dame Croco, et j'ai attendu ses commentaires.

— Ça, c'est Fiji, le chien de Nora Hallenback.

Elle a feuilleté son agenda noir.

— Elle est mariée au docteur Franklin Hallenback, elle a fait trois fausses couches, et n'a pas d'enfant. *Habite au 11018 Carriage Road. Est incapable de tenir un budget, est allergique aux noix, fume en cachette pour ne pas prendre de poids. Contribue aux œuvres de charité, comme toute femme de médecin qui se respecte.*

Elle a levé les yeux au ciel en ricanant.

Le dernier chien était Héros. J'ai montré sa photo au Crocodile et elle a éclaté de rire.

— Lance est le type même du travailleur : toujours mal au dos, toujours besoin d'un bon bain.

Elle a trouvé la page le concernant.

— *Souvent au chômage. Réside parfois dans la cité située sur South Elizabeth, mais habite actuellement dans son camion, parce que sa femme l'a mis à la porte une fois de plus. Doit avoir dans les quatre-vingt-dix, cent maximum.*

— De quoi parlez-vous ?

— De son QI. En fait, toutes ces personnes n'ont pas grimpé bien haut sur l'échelle de l'évolution. C'est également vrai pour Nora.

Je l'ai regardée pendant quelques secondes en me demandant sur quel barreau de l'échelle se trouvaient les crocodiles de son espèce.

Elle a souri.

— Qui d'autre ?

J'ai fermé le calendrier.

— Personne.

— Vraiment ? Je commençais enfin à m'amuser.

Il m'a semblé soudain que Mme Landvogt avait un comportement bien étrange pour quelqu'un dont le « bébé » venait d'être enlevé.

— Vous amuser ? Vraiment ?

Elle a agité son verre, faisant tinter les glaçons qui nageaient à la surface, et a dit :

— Vous perdez votre temps, vous savez.

Elle m'a dévisagée comme si mon QI ne dépassait pas soixante-dix, puis elle m'a lancé d'un ton sec :

— Comment l'une de ces personnes pourrait-elle avoir mon chien ? Elles étaient toutes sur le char.

Je lui ai tendu le calendrier.

— Peut-être sont-elles tombées sur Marique en cherchant leurs propres chiens. Peut-être l'ont-elles attrapée et gardée avec l'intention de vous la rendre puis, après avoir réalisé à quel point vous êtes odieuse, elles ont décidé d'en profiter pour vous faire cracher cinquante mille dollars.

— Quoi ?

Mon cœur battait à tout rompre.

— Vous pensez vraiment que les gens sont prêts à vous rendre service ? Vous passez votre temps à les insulter et à les menacer !

— Comment osez-vous me parler ainsi ?

— Si jamais vous récupérez votre chienne, vous avez intérêt à apprendre à la laver vous-même, parce que Vera n'a plus l'intention de le faire ! Vu la façon dont vous la traitez !

— Cette femme n'a pas à vous dire...

— Quant à M. Petersen, vous lui faites du chantage pour que Marique figure non seulement dans le calendrier, mais en couverture. Et maintenant, le pauvre homme doit travailler comme un forçat, y compris le dimanche, pour empêcher son affaire de couler.

Mme Landvogt est restée sans voix. Puis, après une profonde inspiration, elle a lâché d'un ton perfide :

— Si cet homme est incapable de gérer une affaire, il ferait mieux de changer de métier. Quel imbécile, de vous avoir raconté ça !

J'ai essayé de ne pas lui laisser voir que je tremblais, et j'ai répondu très calmement :

— Mais M. Petersen ne m'a rien dit, madame Landvogt.

Elle m'a alors fusillée du regard.

— Espèce de sale petite...

Je ne lui ai pas laissé le temps de finir sa phrase et je lui ai rendu la télécommande avant de me diriger vers la sortie.

— Je vous prie de m'excuser. J'ai du travail.

Quand j'ai entendu le bip de la porte d'entrée résonner dans mon dos, j'ai eu soudain l'impression de marcher dans des sables mouvants. Et plus je marchais, plus je m'enfonçais.

Au train où allaient les choses, je ne tarderais pas à sombrer complètement.

8

J'avais eu l'esprit tellement occupé à me demander comment j'allais pouvoir rendre visite aux trois propriétaires de chiens après l'école, que j'en avais presque oublié Hazel Acosta.

Mais quand, après s'être assise à sa place, elle a regardé dans ma direction en donnant un coup de coude à sa voisine de table, je lui ai adressé un petit sourire moqueur, comme si je savais suffisamment de choses sur elle pour lui attirer de gros ennuis.

Son visage s'est aussitôt crispé.

— Qu'est-ce que tu as ? m'a-t-elle demandé.

Je n'ai pas bronché.

— C'est quoi, ton problème ?

J'ai continué à sourire.

Devant nous, Mme Ambler brandissait une petite boîte en carton en nous expliquant qu'on allait procéder à un tirage au sort pour les cadeaux de Noël.

— N'oubliez pas qu'un geste simple peut faire plaisir : un petit mot, un paquet de bonbons. Peu importe le prix. C'est l'intention qui compte. Vous pourrez commencer à vous faire des petits cadeaux dès demain et vous ne révélerez votre identité que vendredi, lors de notre petite fête de Noël. Elle aura lieu cette année dans le réfectoire. Je vous rappelle qu'aucun cadeau ne doit excéder une valeur de cinq dollars.

Elle a secoué la boîte et s'est avancée vers la rangée où se trouvait Marissa.

— Souvenez-vous que le résultat du tirage doit rester secret, et qu'il est défendu d'échanger son papier avec son voisin ! Si vous tombez sur quelqu'un que vous ne connaissez pas bien, profitez-en pour vous faire un nouvel ami.

Quand elle est arrivée devant moi, il ne restait plus que quelques papiers au fond de la boîte. J'ai plongé la main dedans et j'ai tiré le nom de Rudy Folksmeir. Ma première réaction a été de me dire : « La barbe ! » Il faut savoir que la seule chose qu'aime Rudy, c'est la boue. Il ne parle que de ça. Il fait de la moto de compétition, et quand il revient d'une course, son seul commentaire, c'est que la boue était trop dure ou trop molle. Ou bien, il raconte comme c'est affreux de rouler dans des gerbes de boue. Non seulement le mot « boue » figure en première place dans son vocabulaire, mais la boue fait partie intégrante de lui. Il y en a sur son T-shirt, sur ses chaussures, sur son jean.

Bref, tandis que je me demandais si je devais ou non lui offrir des petits sachets de boue, j'ai senti un léger chatouillement dans mon cerveau qui m'a fait lever la tête et regarder du côté de Hazel.

Je lui ai de nouveau adressé mon petit sourire moqueur, puis j'ai rangé le papier portant le nom de Rudy dans mon classeur.

Je dois avouer que je ne savais pas très bien ce que je faisais, à ce moment-là, ni même pourquoi, pendant le restant de la journée, j'ai suivi Hazel partout où elle allait. Au lieu de l'éviter, comme d'habitude, je me débrouillais pour me trouver systématiquement sur son chemin et, une fois qu'elle me repérait, je ne la quittais pas des yeux.

À la fin de la journée, elle était dans un tel état de stress à l'idée de croiser mon regard, qu'elle jetait sans cesse des coups d'œil par-dessus son épaule pour voir si je n'étais pas dans les parages.

Jamais je n'aurais cru que mon petit stratagème aurait produit un tel effet ! J'en étais même tellement abasourdie que lorsque je suis sortie du collège, j'ai oublié d'aller chercher Élisa. Je ne me suis souvenue d'elle qu'une bonne centaine de mètres seulement après avoir dépassé l'école primaire de Landview.

J'ai immédiatement fait demi-tour. Élisa m'attendait assise en haut des marches. Dès qu'elle m'a vue, elle a attrapé son cartable et a couru vers moi.

Tout au long du chemin, elle m'a parlé de Boule de neige, le hamster de sa classe, et d'un certain Shane, qui avait vidé le contenu de son taille-crayon dans la cage du malheureux rongeur. Elle était si bavarde que je n'ai pas vu le temps passer et qu'on est arrivées à la maison de retraite bien plus vite que je ne le pensais.

Une fois devant le bureau d'accueil, elle m'a tirée par la manche de mon manteau et m'a entraînée dans le hall.

— Viens ! Maman doit être par-là.

Je n'étais jamais entrée dans une maison de retraite, et je ne m'étais jamais demandé à quoi ce genre d'établissement pouvait bien ressembler. Mais à l'instant même où j'ai pénétré dans le bâtiment, j'ai su que je n'aimais pas du tout cet endroit. Ce n'est pas parce que les murs étaient peints en vert ou parce que les fleurs en plastique étaient décolorées. Ce n'est pas non plus à cause de la femme qui se promenait dans le couloir avec des tuyaux dans les bras.

Non, c'était l'odeur. Une odeur d'antiseptique et de Javel, mêlée à des effluves de parfum douceâtre.

Chaque fois que je passais devant une porte ouverte, je m'arrêtais et je jetais un coup d'œil à l'intérieur. Je ne pouvais pas m'en empêcher. Certaines personnes étaient assoupies, d'autres regardaient par la fenêtre. Certaines étaient grosses, d'autres maigres. Mais toutes avaient le teint gris, comme si elles n'avaient pas vu le soleil depuis des années.

Soudain, je n'ai plus eu qu'une idée : partir d'ici le plus vite possible. Mais Élisa, qui était arrivée au bout du couloir, m'appelait.

— Sara ! Viens ! Qu'est-ce que tu fabriques ?

J'ai avancé tout en continuant à regarder dans les chambres.

Et c'est comme ça que je l'ai vue.

Je suis restée immobile devant sa porte. Ce n'était pas possible, ça ne pouvait pas être elle, à moitié endormie, un petit filet de bave aux coins des lèvres ! Pourtant, si. Il n'y avait pas de doute, même. C'était bien Mme Graybill.

Ses cheveux étaient emmêlés, comme d'habitude, mais sa bouche n'était pas barbouillée de rouge à lèvres. Quant à ses yeux, ils ne lançaient pas d'éclairs, comme lorsqu'ils tombaient sur moi dans le couloir de la Résidence. Ils étaient comme éteints.

— Madame Graybill ? ai-je appelé doucement.

Elle a passé la langue sur ses lèvres et a fixé son regard sur mon visage pendant quelques minutes avant de faire quelque chose que je ne lui avais jamais vu faire auparavant : me sourire.

— Sara, a-t-elle dit doucement. C'est gentil d'être venue me rendre visite.

J'avais l'impression d'être dans un rêve étrange. Je suis entrée dans sa chambre et je lui ai demandé ce qu'elle faisait ici.

— Je croyais que vous vous étiez cassé le bras.

Elle a sorti son bras plâtré de dessous les draps et a soufflé :

— Les médecins, tu sais...

Mme Keltner est arrivée à ce moment-là. Elle a arrangé ses couvertures et lui a servi un verre d'eau.

— Eh bien, Daisy. On dirait que vous connaissez au moins une personne dans cette ville.

Mme Graybill a soupiré.

— Laissez-moi me reposer, s'il vous plaît.

Mme Keltner lui a caressé la main, puis elle s'est penchée vers moi.

— Tout s'est bien passé avec Élisa ?

J'ai hoché la tête.

— Passe me voir avant de repartir. Entendu ?

Dès qu'elle est sortie, je me suis approchée de Mme Graybill.

— Grand-mère a appelé l'hôpital pour avoir de vos nouvelles mais ils ont refusé de lui en donner sous prétexte qu'elle ne faisait pas partie de votre famille.

Mme Graybill a poussé un autre soupir.

— En tout cas, c'était gentil de sa part.

— Elle sera contente de savoir que vous allez bien. Vous allez bien, n'est-ce pas ?

Elle a haussé les épaules en faisant un petit oui timide, puis elle a plongé son regard dans le mien.

Après tous les malheurs qu'elle m'avait causés, on aurait pu imaginer que cela me faisait plaisir de la voir clouée au lit, dans une maison de retraite, en train de respirer cette infecte odeur douceâtre. Eh bien non, ça ne me faisait pas plaisir. Pas plaisir du tout, même.

— Voulez-vous que Grand-mère prenne votre courrier ou qu'elle arrose vos plantes ? ai-je proposé.

Mme Graybill a fermé les yeux en secouant la tête. Au bout de quelques minutes, je me suis relevée pour la laisser dormir.

— Je m'en vais, madame Graybill, ai-je murmuré.

Elle a ouvert un œil et m'a adressé un pâle sourire.

Quand j'ai fait demi-tour pour partir, elle m'a rappelée :

— Sara ! Je voudrais te demander un service.

Pourrais-tu m'apporter ma robe de chambre ? Les peignoirs sont rêches ici.

— Bien sûr, madame Graybill.

Elle s'est assise puis a détaché d'un trousseau la clé de son appartement.

— Elle est pendue dans la salle de bains.

— Avez-vous besoin d'autre chose ? Vos pantoufles ? Votre rouge à lèvres ?

Elle a remonté les draps jusque sous son menton.

— Non. Ce n'est pas la peine.

Je suis sortie sur la pointe des pieds. Élisa était assise par terre un peu plus loin dans le couloir. Elle s'est levée en me voyant.

— Comment ça se fait que tu la connais ? a-t-elle demandé.

— C'est la voisine de ma grand-mère.

— Ah bon.

Mme Keltner est apparue sur ces entrefaites, et j'en ai profité pour lui demander pourquoi Mme Graybill était ici.

— Certaines personnes âgées ont besoin de quelqu'un pour s'occuper d'elles tous les jours. C'est pour ça qu'elle est ici, et c'est pour ça que nous sommes ici, mes collègues et moi-même.

Elle a jeté un coup d'œil vers Élisa, puis elle a dit :

— Merci encore de m'avoir ramené Élisa.

Et, tout en glissant un billet dans ma poche, elle a ajouté :

— Je te revois demain, n'est-ce pas ?

Dire que je n'avais pas besoin d'argent serait mentir, mais je ne voulais pas de ce billet-là. Aussi, me suis-je débrouillée pour le remettre discrètement dans la poche de Mme Keltner.

— Oui, bien sûr, ai-je répondu. À demain, Élisa ! ai-je lancé à la fillette. Surveille bien Shane !

— Compte sur moi !

J'étais sur le point de sortir lorsque Mme Keltner m'a rappelée :

— Sara ! J'ai oublié de te demander. Tu étais bien sur le char des chiens pour le défilé, n'est-ce pas ? Est-ce que tu saurais par hasard qui a lâché ces chats ?

— Euh... Non, madame Keltner, je ne vois pas.

Elle m'a observée en fronçant les sourcils.

— En tout cas, si tu sais quelque chose, il faut que tu en parles à l'inspecteur Borsch.

— Pourquoi ?

— Gil est un homme fier, et j'ai l'impression qu'il s'est fait chambrer au commissariat. Il y a un type là-bas qui s'appelle Andy, et que j'ai connu du temps où mon mari travaillait comme policier. C'est un farceur qui pousse souvent la plaisanterie un peu trop loin. Si j'ai bien compris, il a dessiné un grand portrait de Gil en train de tomber de cheval, et il l'a affiché dans la salle de réunion. Tu vois le genre de blague.

Je me suis mordu les joues pour ne pas éclater de rire et j'ai détourné le regard. Mais j'avoue que j'aurais bien aimé jeter un coup d'œil à ce dessin.

— Je crois que Gil irait beaucoup mieux s'il pouvait mettre la main sur les propriétaires des chats, a repris Mme Keltner. Le bruit court qu'il s'agit d'un groupe de filles de ton âge. Tu es sûre de n'être au courant de rien ?

L'inspecteur Borsch est quelqu'un dont je ne souhaiterais pas la visite à mon pire ennemi. Mais curieusement, alors que j'avais la possibilité de répondre non à Mme Keltner, j'ai levé les yeux et j'ai dit :

— Je vais voir ce que je peux faire.

— Merci. Ce serait formidable.

Lorsque je suis sortie, je suis restée un moment sur le trottoir à respirer profondément plusieurs fois de suite. J'avais l'impression que c'était le seul moyen pour me débarrasser de l'odeur qui régnait dans la maison de retraite. Alors que je commençais enfin à l'oublier, l'image de Hazel interrogée par l'inspecteur Borsch sous la lumière aveuglante d'un projecteur s'est mise à danser dans ma tête. Je l'ai vite chassée avant qu'elle m'empêche de faire ce que j'avais à faire, et je me suis mise en route.

J'avais décidé d'aller rendre visite à Paula Nook, et à Ribs, son toutou sans poils. Paula habitait Braxton Way, une impasse située à cinq cents mètres environ après College Street. J'étais tellement préoccupée par ce que j'allais lui dire que je n'ai remarqué le pick-up garé devant chez elle que lorsque le chien enfermé à l'intérieur s'est jeté contre la vitre, comme s'il voulait passer à travers pour me sauter dessus.

C'était Héros, le chien de Lance Gigoni. Est-ce que je m'étais trompée d'adresse ? J'ai relu les notes que j'avais prises chez Mme Landvogt et j'ai vu que Lance Gigoni habitait Elizabeth Street, et non Braxton Way. Que faisait-il alors chez Paula Nook ?

Le mieux à faire, pour le savoir, c'était de lui demander. Ou de demander à Paula Nook.

Un grillage à moitié déchiré protégeait la porte d'entrée de Paula. J'ai glissé ma main à travers et j'ai frappé. De la musique country montait de la maison.

Tout à coup, la musique s'est arrêtée. Pendant quelques secondes, j'ai entendu des allées et venues derrière la porte, puis le judas s'est ouvert sur un gros œil bleu, et une voix a dit :

— Oui ?

— Madame Nook ?

— Que voulez-vous ?

J'ai failli lui répondre qu'elle avait gagné à la loterie, histoire qu'elle m'ouvre, mais je n'ai pas osé, et à la place, j'ai simplement dit :

— J'aimerais vous poser quelques questions.

L'œil me fixait toujours.

— À quel sujet ?

— À propos du défilé de Noël, ai-je répondu avec l'impression de m'adresser à un cyclope.

— Je n'ai rien à vous dire.

Et sur ces paroles, elle a refermé le judas.

Je suis restée un moment à réfléchir devant la porte, puis j'ai fini par redescendre le perron et je suis allée jusqu'au garage, qui se trouvait sur le côté de la maison. Là, j'ai collé mon oreille contre la porte et j'ai écouté. Pas le moindre cri plaintif venant d'un chien que l'on serait en train de torturer.

Peut-être aurais-je plus de chance en cherchant Marique dans le jardin ? J'ai regardé par-dessus la barrière. Un spectacle incroyable m'attendait. Ce n'était pas un jardin mais une véritable décharge publique ! Soudain, Héros a foncé sur moi.

J'ai aussitôt escaladé la barrière. Pendant un petit moment, il s'est contenté d'aboyer, puis il s'est mis à tourner en rond en grognant jusqu'à ce que son maître surgisse et le siffle.

— Ça t'apprendra à venir épier chez les gens ! a lâché Lance Gigoni. Allez, viens Héros, on s'en va.

Dès que j'ai entendu le pick-up tourner au coin de la rue, j'ai sauté à terre.

Il n'était pas question que je retourne frapper chez Paula Nook. Elle ne m'avait peut-être montré qu'un seul œil, mais je la soupçonnais d'avoir un revolver caché derrière sa porte.

J'ai donc décidé d'abandonner Paula Nook et Ribs. Et comme, à mon avis, il n'y avait pas grand-chose à tirer de Lance Gigoni et de Héros non plus, je me suis dirigée vers Carriage Court, pour voir si Nora Hallenback et Fiji avaient quelque chose à m'apprendre. Mais plus je m'approchais de Carriage Court, plus cette visite m'apparaissait vaine. Qu'est-ce que Nora Hallenback pouvait bien savoir sur Marique ? Et pourquoi accepterait-elle de m'aider dans mes recherches ?

Tout à coup, j'ai été prise de panique. J'avais l'impression d'être en train de courir dans un marécage avec un gros crocodile à mes trousses. Quelle que soit la direction vers laquelle je me tournais, je voyais son énorme mâchoire, pleine de dents pointues, s'ouvrir devant moi pour me dévorer.

9

Il n'y avait pas le moindre pick-up garé sur Carriage Court, pas la moindre porte grillagée non plus. Et lorsque je suis arrivée chez Nora Hallenback, je n'ai pas eu besoin d'aller fureter près du garage : il était grand ouvert.

Une Mercedes blanche se trouvait à l'intérieur, et une femme rousse en déchargeait diverses compositions florales.

— Madame Hallenback ?

— Oui ?

— Je m'appelle Sara Kay, ai-je dit en entrant dans le garage. Je dois écrire un texte pour l'école au sujet des chiens qui ont été sélectionnés cette année pour figurer sur le calendrier de la ville.

— Vraiment ?

— Hum hum, ai-je répondu en croisant les doigts pour qu'elle me croie. J'aimerais vous interviewer à propos de Fiji.

Elle m'a tendu un énorme bouquet, puis s'est penchée pour en attraper un autre, posé sur le siège arrière. Puis elle m'a observée et s'est brusquement exclamée :

— Tu n'étais pas sur le char avec Marique, par hasard ?

J'ai hoché la tête.

— Quel désastre ! J'ai inscrit Fiji pour rire. C'était la première fois, mais je peux t'assurer que ce sera la dernière. On ne m'y reprendra plus !

— Pourquoi ? ai-je demandé en la suivant dans la cuisine.

— Parce que ces gens-là sont complètement fous ! Enfin, presque tous. Ils se comportent comme si leur enfant venait d'être élu le plus beau bébé de l'année !

J'ai posé mes fleurs sur le plan de travail, à côté des autres bouquets.

— Oui, c'est vrai, ai-je concédé. Mme Landvogt est comme ça, en tout cas.

Elle est partie d'un grand éclat de rire.

— Lilia ! On ne saurait trouver meilleur exemple ! Quand je pense qu'elle a un enfant ! Une jeune fille charmante, en plus. On pourrait s'attendre à ce qu'elle dépense son énergie à préparer son avenir. Eh bien non ! elle préfère s'occuper de cette insupportable petite chienne.

Et, tout en vaporisant ses bouquets, elle a ajouté :

— Excuse-moi. Franklin a raison : j'ai tendance à dire ce que je pense, alors que je ferais mieux de me taire. Après tout, c'est toi qui as présenté Marique. Mais j'ai comme l'impression qu'on t'a un peu forcé la main. Je me trompe ?

— Pas du tout. C'est exactement ce qui s'est passé !

— Ouf ! s'est-elle exclamée avec soulagement. Mes intuitions sont souvent bonnes mais il m'arrive de faire des gaffes monumentales...

J'ai éclaté de rire.

— Oh ! Ne vous en faites pas ! Ça m'arrive tout le temps. Et puis, Mme Landvogt n'est pas une femme que je trouve particulièrement sympathique.

Elle m'a observée du coin de l'œil.

— Tu la connais ?

— Je suis allée chez elle. Elle est assez effrayante.

— C'est le moins qu'on puisse dire ! Elle est même très intimidante. Je te trouve bien courageuse de t'aventurer dans la maison de Lilia Landvogt.

J'ai haussé les épaules.

— Elle a l'air de tout savoir sur tout le monde.

Nora Hallenback a posé un bouquet sur la table de la salle à manger, puis elle l'a fait pivoter plusieurs fois afin de trouver la meilleure orientation. Une fois satisfaite, elle a esquissé un sourire.

— Et que t'a-t-elle dit sur moi ?

Mon cœur s'est mis à battre comme un tambour.

— Ne vous inquiétez pas. Je ne vais pas écrire ça dans ma rédaction, ai-je dit pour la rassurer.

— Écrire quoi dans ta rédaction ?

— Franchement, Madame Hallenback, c'est sans intérêt.

— Qu'est-ce qu'elle a dit !

Je me suis mise à faire des ronds sur le carrelage avec la pointe de ma chaussure, puis j'ai marmonné :

— Elle dit que vous êtes incapable de tenir vos comptes, que vous êtes allergique aux noix, que vous fumez en cachette pour ne pas prendre de poids, que vous participez à de nombreuses œuvres de bienfaisance... Et que vous avez fait trois fausses couches.

Nora a écarquillé les yeux.

— Elle t'a dit ça ? s'est-elle écriée d'une voix étouffée par la colère.

Elle m'a dévisagée pendant une minute, bouche bée, puis a posé d'un geste brusque une de ses compositions florales sur le dessus de la cheminée.

— Je... Je suis désolée, madame Hallenback. Comme je vous le disais, ce n'est pas le genre de choses que j'écrirai dans ma rédaction.

Elle a pivoté sur ses talons.

— Le culot de cette femme est inimaginable ! Après tout ce que j'ai fait pour elle !

— Qu'avez-vous fait pour elle ?

— Il y a quinze ans, lorsqu'elle est venue s'installer dans cette ville, Lilia Landvogt était une pauvre femme, accompagnée d'une petite fille de cinq ans, et avec une poignée de dollars en poche. Je l'ai présentée à une amie de Franklin, qui l'a aidée à placer ce petit pécule. Elle a gagné une très grosse somme d'argent avec les actions qu'elle a achetées, et maintenant elle vit comme une princesse dans cette immense maison qu'elle s'est fait construire sur Jasmine Street. Sans moi, elle n'aurait jamais mis les pieds dans la bonne société. Sais-tu combien de fois cette femme est venue dîner chez moi ? Sais-tu à combien de réceptions elle a été invitée parce que j'avais fait ajouter son nom à la liste des convives ? Sans moi, elle ne serait toujours reçue nulle part ! Cette fois, elle a dépassé les bornes. Elle va entendre parler de moi.

Des flammes jaillissaient de ses yeux.

— Lilia Landvogt peut bien moisir dans sa somptueuse maison, je m'en moque.

Elle s'est mise à feuilleter son carnet d'adresses en disant :

— Je suis désolée. Je suis sûre que ce n'est pas ce que tu souhaitais entendre pour ta rédaction. Reviens un autre jour. Pour l'instant, j'ai quelques coups de fil à passer.

Et sur ces paroles, elle m'a tourné le dos et a décroché son téléphone.

Sur le chemin du retour, alors que je m'amusais à imaginer Nora Hallenback en train de passer ses coups de fil assassins et d'inscrire le nom du Crocodile sur la liste noire, il m'est brusquement venu à l'esprit que Lilia Landvogt ne tarderait pas à regretter de m'avoir fait du chantage. Ou que je serais morte avant la fin de la semaine...

En attendant, j'avais complètement oublié Mme Graybill, et c'est seulement sur le palier du cinquième étage de la Résidence du Soleil couchant, que j'ai soudain repensé à elle. J'ai revu l'endroit où elle se trouvait, et je me suis souvenue que je devais lui apporter sa robe de chambre. Pendant quelques minutes, je suis restée debout devant la porte de son appartement, la clé à la main, incapable de bouger. La situation me paraissait tellement étrange ! Non, je ne pouvais pas pénétrer seule dans cet appartement. Ce serait comme violer une très ancienne tradition. J'allais demander à Grand-mère de m'accompagner.

J'avais à peine ouvert la porte qu'elle a bondi de sa chaise.

— Sara ! Comme je suis contente que tu sois rentrée. J'ai d'excellentes nouvelles pour toi !

Je ne sais pas pourquoi, mais j'ai tout de suite deviné qu'il s'agissait de Madame StopGaz.

— Ah bon, ai-je fait d'un air méfiant.

Grand-mère a tapoté sur le canapé et m'a fait signe de venir m'asseoir près d'elle. Elle a attendu que je sois bien installée pour me prendre la main et dire :

— Ta mère revient à la maison !

J'ai senti mon estomac se soulever comme si j'étais sur le grand huit.

— Pour de bon ?

— Pour Noël, en tout cas.

— Génial...

— Sara !

— Mais qu'est-ce que je vais lui dire ? Bonjour, maman. Ça fait longtemps qu'on ne s'est pas vues. J'espère que tu as réglé ton problème de gaz. C'est ça ?

— Ma chérie, c'est ta mère. Quand tu la verras, je suis sûre que tu oublieras tout ça.

— Et où va-t-elle dormir ? Par terre ? Je ne sais pas pourquoi, mais je l'imagine mal par terre.

Grand-mère a ôté ses lunettes et a entrepris de les nettoyer avec l'ourlet de sa jupe.

— Nous ferons de la place.

— Bien sûr ! J'ai compris. C'est moi qui dormirai par terre. Elle, elle prendra le canapé.

Grand-mère a remis ses lunettes.

— Ne parlons pas de ça pour l'instant. L'essentiel, c'est qu'elle revienne.

J'ai levé les yeux au ciel.

— J'imagine déjà les gros titres dans les journaux : Madame StopGaz est de retour à Santa Marina, avec dans ses bagages une provision de cachets antigaz destinés aux locataires de la Résidence du Soleil couchant.

— Sara, ça suffit ! Aie un peu de respect pour ta mère !

J'ai fermé les yeux et j'ai murmuré :

— Je ne veux pas parler d'elle, O.K. ?

Puis, après une profonde inspiration, j'ai dit :

— Moi aussi, j'ai une nouvelle à t'annoncer. J'ai trouvé Mme Graybill.

— Où est-elle ?

— Dans une maison de retraite.

— Une maison de retraite ! a répété Grand-mère. Mais comment as-tu fait pour la trouver ?

— La maman d'Élisa y travaille. Elle est infirmière.

— Élisa ? Ah oui ! La petite fille que tu vas chercher à l'école ?

— C'est ça.

— Mais que diable fait-elle dans une maison de retraite ?

— Je n'en sais rien. Tout ce que Mme Keltner m'a dit, c'est qu'elle ne va pas très bien.

J'ai sorti la clé de Mme Graybill.

— Elle m'a demandé de lui apporter sa robe de chambre. Tu m'accompagnes ?

Grand-mère a accepté et on est sorties sur le palier. Curieusement, on a éprouvé le besoin de marcher sur la pointe des pieds et quand on est entrées chez Mme Graybill, on a jeté de petits coups d'œil furtifs autour de nous.

— Comme c'est étrange ici, a murmuré Grand-mère.

Elle ne pouvait pas mieux dire. L'appartement était agencé exactement comme le sien, mais l'atmosphère n'était pas du tout la même. Les couleurs étaient passées, comme s'il était resté trop longtemps au soleil alors qu'en réalité, il était resté trop longtemps dans l'obscurité. Dans la salle de séjour, il y avait une chaise, un canapé et un vieux poste de télé.

Près du canapé, un panier contenait de la laine et des crochets.

Je suis allée dans la salle de bains où, en effet, une robe de chambre rose était pendue derrière la porte. Je l'ai prise, et quand je suis revenue, j'ai surpris Grand-mère dans la chambre de Mme Graybill.

— Grand-mère !

Elle a sursauté, puis a dit :

— Regarde ça !

Elle tenait à la main une photo en noir et blanc où l'on voyait deux jeunes filles. Coiffées de larges chapeaux, elles se tenaient par la taille et riaient aux éclats. Grand-mère a désigné la plus grande des deux et a murmuré :

— C'est Daisy.

J'ai pris la photo pour mieux la regarder.

— C'est incroyable !

Cette jeune fille devait avoir dix-sept ans environ. Elle avait de longs cheveux brillants et des chevilles très fines.

— Elle était belle, tu ne trouves pas ? a murmuré Grand-mère.

J'ai observé le visage radieux de la jeune fille sur la photo.

— Ça ne peut pas être elle !

— Mais si. Je t'assure. Regarde la bouche, les

pommettes. C'est bien Daisy. Et l'autre fille doit être sa sœur.

J'ai regardé fixement la photo pendant un bon moment, et j'ai été frappée de constater à quel point le nom de Daisy convenait bien à la jeune fille que j'avais sous les yeux. Il évoquait la légèreté, le printemps, le soleil. J'ai rendu la photo à Grand-mère. Comment cette jeune fille avait-elle pu devenir la vieille femme ratatinée que je connaissais ?

Brusquement, j'ai eu envie de sortir d'ici au plus vite.

— Viens, Grand-mère, partons.

Ce n'est qu'en refermant la porte à clé que j'ai vu que Grand-mère tenait toujours la photo de Mme Graybill à la main.

— Daisy sera peut-être contente de l'avoir près d'elle, a-t-elle expliqué en croisant mon regard.

Elle me l'a tendue et on a retraversé le palier pour rejoindre l'appartement. Au moment où on entrait, le téléphone a sonné. Grand-mère s'est précipitée dans la cuisine pour répondre.

— Sara ! C'est pour toi !

J'ai posé les affaires de Mme Graybill dans le salon et j'ai demandé à Grand-mère :

— C'est Marissa ?

— Non, a articulé Grand-mère, une main sur le

combiné. C'est Mme Landvogt. Et sa chienne, au fait ?

— Je t'expliquerai plus tard, ai-je répondu à voix basse.

J'ai pris l'appareil en tremblant et je l'ai approché de mon oreille avec précaution, comme s'il risquait de me faire mal. Après tout, j'avais réveillé un essaim d'abeilles en allant voir Mme Hallenback. Je devais bien m'attendre à me faire piquer.

10

Je n'ai même pas eu à dire bonjour : Mme Landvogt a senti que j'étais au bout du fil.

— Vous avez jusqu'à vendredi ! a-t-elle annoncé d'un ton sec.

— Vendredi ? Mais c'est beaucoup trop tôt !

— C'est un délai de faveur ! Les voleurs m'ont appelée et m'ont réclamé l'argent pour demain. Heureusement, j'ai réussi à repousser l'ultimatum jusqu'à vendredi. Maintenant, je veux tout savoir : à qui vous avez parlé, ce que vous avez découvert. Absolument tout.

J'ai jeté un coup d'œil à Grand-mère.

— Euh... Je ne peux pas... maintenant.

Elle est restée silencieuse pendant une seconde puis a dit sur un ton plein de sous-entendus :

— Ah ! Ah ! Je vois. Vous n'avez encore rien dit à votre grand-mère du petit marché que nous avons conclu.

— C'est exact.

— Alors venez me voir. J'ai à vous parler.

— Je pourrais passer chez vous demain après l'école.

— Non, pas demain ! Tout de suite !

J'ai jeté un nouveau coup d'œil à Grand-mère.

— Je passerai demain vers quatre heures, ai-je répondu, et j'ai raccroché.

Grand-mère m'observait d'un air intrigué. Il fallait vite que je lui donne une explication avant qu'elle me pose trop de questions.

— Elle veut que je l'aide à distribuer des prospectus pour retrouver sa chienne, ai-je déclaré.

— On ne la lui a toujours pas ramenée ?

J'ai secoué la tête.

Grand-mère a sorti deux filets de poisson du réfrigérateur et a dit, pour tout commentaire :

— Eh bien... J'espère qu'elle va vite la retrouver.

J'ai pris la boîte à riz et le verre mesureur sur l'étagère. Grand-mère n'imaginait sans doute pas à quel point je partageais son opinion.

Cela faisait bien longtemps que je n'avais pas aussi mal dormi. Il faut dire qu'entre Lance Gigoni et Paula Nook, Mme Hallenback et ses lis tigrés, sans parler évidemment du Crocodile, j'avais eu plus d'une interrogation pour me tenir éveillée. Combien de personnes Mme Hallenback avait-elle déjà appelées pour mettre le Crocodile au ban de la société ? Est-ce que M. Peterson avait, lui aussi, sur sa table de nuit, une photo où on le voyait jeune et souriant ? Et pourquoi tous ces gens, ces M. Petersen, ces Crocodile et ces Mme Graybill étaient-ils devenus ce qu'ils étaient aujourd'hui ? Est-ce que moi aussi, quand je serai vieille, je ne me reconnaîtrai pas sur la photo de mes dix-sept ans ?

Résultat, quand le réveil a sonné, je n'avais qu'une idée en tête : me rendormir. J'avais l'impression d'avoir passé la nuit à courir, mais avec une tonne à chaque pied. Je me suis traînée jusqu'à la table du petit déjeuner après m'être habillée tant bien que mal, et ce n'est que lorsque Grand-mère m'a dit au revoir sur le pas de la porte que je me suis souvenue de Mme Graybill.

Je suis rentrée précipitamment et j'ai glissé la robe de chambre dans mon sac.

— Pourquoi ne me laisses-tu pas la porter moi-même ? a proposé Grand-mère.

C'était gentil de sa part, mais l'idée de me décharger de cette tâche me chiffonnait.

— Non, Grand-mère. Je lui ai promis de le faire.

Puis, comme je traversais le palier en courant, je me suis souvenue, cette fois, de Rudy.

— Flûte !

— Qu'y a-t-il ?

— Rudy Folksmeir ! Il faut que je lui fasse un cadeau pour Noël. J'avais complètement oublié !

— Un cadeau ?

— Oh, pas grand-chose. Des chocolats ou des bonbons...

— Et si tu lui offrais des biscuits ?

— Des biscuits ? ai-je répété.

Mais oui ! C'était parfait. Je ne pouvais pas trouver mieux, même. J'ai fourré un paquet de biscuits dans mon sac, j'ai embrassé Grand-mère, et j'ai filé.

Quand je suis entrée dans la salle de classe, j'ai déposé discrètement les biscuits sur la table de Rudy et j'ai rejoint ma place. Sauf qu'au moment de m'asseoir, j'ai remarqué qu'un très joli gâteau de Noël trônait sur la table de Hazel. Je ne sais pas alors ce qui m'a pris : au lieu de m'asseoir à ma place, je suis allée m'asseoir à la sienne.

— Dis donc ! Tu te crois où ? s'est écriée Hazel lorsqu'elle est arrivée. Pousse-toi de là ! C'est ma place !

Je me suis levée très lentement en prenant soin de la regarder dans les yeux et je suis allée à ma table.

Dès que Hazel a vu le gâteau, elle l'a attrapé et, sans l'ombre d'une hésitation, l'a jeté à la poubelle.

— Si tu crois que je suis assez bête pour te laisser empoisonner ma vie, tu te trompes, a-t-elle lâché en me foudroyant du regard.

Je me suis penchée vers elle et, en guise de réponse, j'ai claqué la langue pour imiter le tic-tac d'une horloge.

— Au troisième top, il sera...

Pile au moment où je retenais ma voix, la cloche a sonné huit heures. Hazel a été si surprise qu'elle a fait un bond et a plaqué sa main sur sa poitrine.

— Fiche-moi la paix ! a-t-elle hurlé avant de me tourner le dos.

Je me suis frotté les mains avec un sourire de satisfaction, et j'ai ouvert mon sac pour sortir mes livres de classe. C'est alors que j'ai vu que quelqu'un y avait glissé un cadeau sans que je m'en aperçoive : un pendentif représentant un petit ange blanc suspendu à un ruban rouge. L'ange était en pâtes alimentaires : un morceau de lasagne représentant le corps, un papillon les ailes et deux macaronis les bras. Le visage était peint au feutre ; on aurait dit qu'il chantait.

Qui avait bien pu me l'offrir ? Je pouvais d'office

éliminer les garçons : je n'en connaissais pas un seul capable de fabriquer un pendentif avec des pâtes, et le déposer ensuite dans le sac d'une fille sans se faire remarquer.

Était-ce alors Bridget Cavaletto ? Ce qui expliquerait pourquoi elle regardait avec autant d'insistance dans ma direction. Sauf qu'elle a baissé les yeux dès que Derrick Stern, qui était assis à côté de moi, lui a fait signe.

Dans ce cas, ce devait être Tina Francisco. Elle n'arrêtait pas de me sourire. D'un autre côté, elle n'avait pas franchement l'air d'avoir été démasquée.

Cassie Kuo, aussi, me regardait de derrière sa frange. Mais Cassie est du genre timide, et elle se cache toujours derrière sa frange pour regarder les gens. Même les profs.

Il ne restait plus que Monica Halbig. J'ai su que c'était elle quand, à l'instant même où j'ai surpris son regard, elle m'a fait un petit sourire et a détourné la tête.

Maintenant que je savais qui m'avait offert mon petit ange en pâtes, je pouvais me consacrer de nouveau à Hazel.

Je ne l'ai pas lâchée de la journée. Chaque fois que je passais à côté d'elle, je claquais la langue aussi régulièrement que le crocodile qui poursuit le Capitaine Crochet. Marissa et Holly, qui s'étaient jointes à moi, lui adressaient de leur côté des regards menaçants dès qu'elles le pouvaient. L'effet sur Hazel était saisissant. Elle s'agrippait à Kate ou à Monette comme à des bouées de secours, et fuyait en courant.

À l'heure du déjeuner, on a mis Mouche au courant de notre petit manège et on a décidé de continuer à harceler Hazel. On s'est toutes mises à la chercher.

La porte du gymnase était grande ouverte. Dès qu'on s'est approchées, on a su que Hazel s'y était réfugiée. On entendait sa voix aigüe. On a longé les douches, puis on s'est faufilées entre les casiers avant de nous glisser dans un petit renfoncement. Il y avait un grand miroir au bout du couloir d'où l'on pouvait apercevoir Hazel, accroupie dans un coin, en compagnie de Kate et de Monette.

— Elle sait ! Je suis sûre qu'elle sait ! disait-elle.

— Et alors ? a répliqué Monette. Qu'est-ce que ça peut faire ?

Kate a ricané.

— Ça se voit que tu ne connais pas Sara !

— Elle prépare quelque chose. Quelque chose d'important, je le sens, a-t-elle déclaré.

— Mais que veux-tu qu'elle fasse ? Qu'elle mette de l'acide dans ton gel ? a répondu Monette.

J'ai fait un clin d'œil à Marissa : l'idée était excellente.

— À mon avis, elle prépare un gros coup, a repris Hazel. Je me demande même si elle n'a pas l'intention de me tuer.

Kate et Monette ont écarquillé les yeux.

— Te tuer ? Tu n'y vas pas un peu fort ?

— Dis-moi alors ce qu'elle mijote ! s'est exclamée Hazel avec agacement. Elle est particulièrement remontée en ce moment. Il vaut peut-être mieux que je l'évite. Ne m'attendez pas entre les cours. Ne me cherchez pas non plus à l'heure du déjeuner. Je mangerai à la bibliothèque ou dans le bureau de M. Caan... Bref, n'importe où elle ne pensera pas à me chercher. J'ai décidé de changer complètement mes habitudes.

— Elle te trouvera quand même, a répondu Kate.

J'ai cru que Hazel allait l'étrangler.

— Tout ce que je veux, c'est tenir jusqu'à Noël. À partir de vendredi, je n'aurai plus à me soucier d'elle pendant trois semaines. D'ici la rentrée, elle aura tout oublié.

Et sur ces paroles, elles se sont levées et sont sorties.

— C'est clair qu'elle se sent coupable de quelque chose, a déclaré Marissa après leur départ.

— Oui. Et s'il ne s'agit pas des chats, je me demande bien ce que c'est.

— Comment vas-tu t'y prendre pour la faire craquer ?

J'ai adressé un petit sourire en coin à Marissa.

— Tu as toujours ton Polaroïd ? ai-je demandé.

Marissa s'est frotté les mains.

— Oh ! Oh ! Je sens que tu as une idée derrière la tête ! Raconte !

J'avais à peine fini de lui expliquer ce que j'avais l'intention de faire que Marissa s'est exclamée :

— Allons trouver Holly et Mouche. On aura sûrement besoin d'elles pour mettre un tel projet à exécution !

On a rejoint Holly et Mouche, et lorsque la cloche a sonné la reprise des cours, notre plan d'attaque était au point. Avec l'aide de l'inspecteur Borsch, il pouvait terroriser n'importe qui.

Y compris Hazel Acosta.

Quand je suis arrivée avec Élisa devant la maison de retraite, j'ai failli faire demi-tour à l'idée de revoir Mme Graybill.

— Je pense sincèrement que c'est à toi de la lui remettre, a déclaré Mme Keltner lorsque je lui ai demandé de porter la robe de chambre à ma place.

— Mais, je...

— Elle t'a réclamée toute la journée, Sara. Elle a

même refusé de manger. Elle est très abattue. Je suis sûre que ta visite lui fera du bien.

En effet, dès qu'elle m'a vue, Mme Graybill a poussé un soupir de soulagement, comme si elle retrouvait une amie de longue date.

— Bonjour, Mme Graybill, ai-je dit en lui tendant le sac qui contenait la robe de chambre et la photo.

Elle s'est essuyé la bouche et a désigné la chaise près de son lit.

— Assieds-toi, assieds-toi !

Je n'avais pas du tout l'intention de m'asseoir. Je voulais juste lui donner sa robe de chambre et m'en aller, fuir au plus vite cette odeur de chlore et de lilas. Fuir au plus vite tout ce gris.

— Qu'est-ce que c'est ? a fait Mme Graybill en ouvrant le sac.

— Oh ! J'espère que vous ne serez pas fâchée. Grand-mère a pensé que vous aimeriez peut-être l'avoir près de vous.

Elle a pris la photo et, pendant une minute, j'ai cru que la Mme Graybill que je connaissais allait sauter de son lit et me fracasser le cadre sur la tête. Mais, à ma grande surprise, elle a enfoui son visage dans ses mains et s'est mise à pleurer.

— Je suis désolée, ai-je murmuré.

Elle a de nouveau regardé la photo et l'a serrée sur son cœur en sanglotant.

Je ne savais pas quoi faire et je suis restée là, à regarder sa tête échevelée dodeliner sur l'oreiller. Quelle idiote j'étais de lui avoir apporté cette photo !

— Je peux la remettre à sa place si vous voulez, ai-je proposé.

— Non, non, s'est écriée Mme Graybill.

— Mais...

Elle s'est de nouveau penchée sur la photo, puis elle a caressé le verre délicatement, comme si elle risquait de se brûler.

— Nous étions jeunes. Si jeunes...

J'ai vu son regard se perdre, tandis que ses pensées voguaient vers le passé.

— C'est de votre sœur que vous voulez parler ? ai-je demandé.

Elle a regardé la photo et a hoché la tête.

— Voulez-vous que je lui téléphone ?

— C'est trop tard, a-t-elle répondu. Angelique est partie rejoindre maman. Et Billy McCabe, a-t-elle ajouté en caressant la photo une fois de plus.

— Qui est-ce ?

Elle s'est légèrement redressée.

— Billy McCabe, a-t-elle répété. C'était un garçon, dans ma classe. Un jour, il m'a proposé d'aller boire un chocolat avec lui, et j'ai accepté, alors qu'il ne me plaisait pas vraiment. Lorsqu'il m'a raccompagnée à la maison, il a aperçu Angélique, et ça a été le coup de foudre. Ils sont tombés amoureux l'un de l'autre.

Elle a réprimé un rire et a repris :

— Elle aurait dû choisir un garçon de sa classe. Mais elle aimait Billy McCabe et peu de temps après, elle est devenue sa femme. Pendant qu'elle achetait de la vaisselle en porcelaine et du beau linge de maison, moi, je travaillais à l'usine, où je mettais des abricots en conserve. Et plus je voyais défiler des boîtes de conserve, plus je détestais Angélique.

« Elle m'écrivait souvent pour me dire qu'un jour, je rencontrerais moi aussi quelqu'un avec qui je serais heureuse, tout comme elle l'était. Je sentais bien qu'elle était sincère, et que si elle me savait heureuse, elle se sentirait moins coupable de m'avoir pris Billy.

— Mais...

— J'ai alors décidé que je ne trouverais personne. Pourquoi donc devais-je trouver un garçon pour faire plaisir à Angélique ? Des galants venaient me chercher, et maman me disait de sortir avec eux, mais je m'y refusais. Je préférais rester à la maison et écrire à Angélique. Je n'avais aucune intention de l'épargner, après ce qu'elle m'avait fait.

« Mais un jour, je me suis aperçue que j'avais trente ans, et que les galants ne se présentaient plus à la maison. Puis maman est morte. Nous l'avons enterrée, et ensuite je n'ai plus eu de nouvelles d'Angélique, sauf pour mon anniversaire et à Noël. Et nous ne parlions que du temps qu'il faisait, ou d'autres choses tout aussi anodines.

Elle a de nouveau jeté un coup d'œil à la photo.

— Elle a eu Billy, et moi je n'ai eu personne.

— Mais... Et monsieur Graybill ?

Elle a secoué la tête en soupirant.

— Il n'y a pas de monsieur Graybill. Il n'y en a jamais eu. Lorsqu'on atteint un certain âge, les gens pensent que vous êtes mariée, et ils commencent à vous appeler Madame, même si en réalité ils devraient dire Mademoiselle. Ce n'est pas le genre d'erreurs que l'on a envie de corriger.

Elle m'a regardé droit dans les yeux.

— Mon nom est Daisy Lorraine Graybill. C'est le nom que j'ai toujours porté, et que je porterai jusqu'à la fin de mes jours.

Des frissons me parcouraient tout le corps. Des frissons d'angoisse. Mme Graybill a dû le voir car sa bouche a esquissé un sourire et elle m'a dit :

— Je sais ce que tu penses, Sara, et tu as raison. Mais je ne peux plus rien y faire à présent.

Elle a tendu la main, et a saisi la mienne. Sa peau était rêche et froide.

— Pendant toutes ces années, j'ai cru que j'avais

raison. Pendant toutes ces années, je l'ai rendue responsable de tous mes malheurs.

Elle a fermé les yeux, puis un murmure est sorti du fond de sa gorge.

— Je te demande pardon, Angélique. J'ai été trop bête.

Je suis restée assise, pétrifiée, sans oser retirer ma main. Au bout d'un moment, son étreinte s'est relâchée et un filet de bave s'est mis à couler au coin de sa bouche.

— Mme Graybill ? ai-je appelé tout bas.

Elle n'a pas répondu. J'ai alors libéré ma main, je me suis levée tout doucement et je suis sortie sur la pointe des pieds.

Je n'étais pas vraiment pressée de me rendre chez Mme Landvogt. L'histoire de Mme Graybill, de sa sœur et de Billy McCabe m'avait bouleversée. Mais curieusement, je me suis mise à courir. À toute allure. Et j'ai continué à courir jusqu'au bout de la rue, aussi vite que mes jambes me le permettaient. Je courais encore en passant devant le centre commercial. On aurait dit que je courais pour échapper à quelque chose qui me poursuivait. Quelque chose qui risquait de me tuer si je me laissais attraper.

11

J'ai cru que Tina allait dérouler le tapis rouge.

— Te voilà enfin ! s'est-elle exclamée en m'ouvrant. Maman est dans tous ses états.

Elle s'est effacée pour me laisser entrer, et l'alarme a fait entendre son bip habituel lorsqu'elle a refermé la porte derrière moi.

— Cet engin est toujours branché ? ai-je demandé.

— Quel engin ? La concierge ? Bien sûr que oui, vingt-quatre heures sur vingt-quatre.

Elle m'a adressé un petit sourire désabusé et m'a expliqué que sa mère était devenue légèrement paranoïaque quand elle était partie à l'université.

— Quand tu es partie à l'université ? Mais je croyais que tu habitais ici.

— C'est provisoire. Je suis revenue il y a un an.

Voyant que je ne comprenais pas, Tina s'est penchée vers moi et a dit tout bas :

— J'ai laissé tomber la fac. Je suis la honte de la famille.

Puis, tout en se dirigeant vers la cuisine, elle a poursuivi à voix haute :

— Maman a réussi à envahir tout le premier étage avec ses affaires. Je suis donc condamnée à vivre dans l'aile de la maison réservée aux domestiques. Ce qui, dans les circonstances actuelles, me convient parfaitement.

Comme c'était un sujet que je ne souhaitais pas aborder, je me suis contentée de la suivre jusqu'à la cuisine, et de l'observer tandis qu'elle posait un verre d'eau sur un plateau d'argent.

Sur le mur, j'ai aperçu un petit tableau couvert d'ampoules et d'interrupteurs.

— Qu'est-ce que c'est ? ai-je demandé à Tina.

— Le tableau de bord d'une femme paranoïaque, a-t-elle répondu en riant. Non, ce sont les commandes de l'alarme, tout simplement.

J'ai ri à mon tour et j'ai suivi Tina jusqu'à l'ascenseur.

— Vous habitez seules ici, toutes les deux ? ai-je demandé en montant dans la cabine.

— Qu'est-ce que tu veux dire ?

— Eh bien, je m'attendais à voir des cuisiniers, des femmes de chambre, des jardiniers...

Tina a éclaté de rire.

— Tout le personnel est là sous tes yeux.

— C'est toi qui fais tout ?

— Presque tout. On avait des domestiques avant, mais maman s'est fâchée avec eux, et ne les a jamais remplacés. Elle fait venir une femme de ménage de temps en temps, sinon c'est moi qui entretiens la maison depuis que je suis revenue vivre ici.

Quand l'ascenseur s'est arrêté au premier étage, elle a poussé la porte et a chuchoté à mon oreille :

— Je suis désolée qu'elle te traite aussi mal. Tu as l'air sympa.

J'ai failli lui retourner le compliment mais je n'en ai pas eu le temps. On était devant la chambre de Mme Landvogt. Tina a jeté un coup d'œil à l'intérieur.

— Maman ?

Voyant que sa mère n'était pas là, elle m'a fait signe de la suivre.

— Elle doit être dans son bureau.

Au bout du couloir, une porte entrebâillée laissait filtrer un peu de lumière.

— Maman ? a appelé Tina.

— Fais-la entrer !

Une douce odeur de lavande embaumait la pièce. Mme Landvogt avait dû s'en asperger tout le corps pour sentir aussi bon. Mais dès qu'elle a tourné la tête vers moi, j'ai vu que, lavande ou pas, elle avait toujours l'air d'un crocodile.

— Vous avez près d'une heure de retard, a-t-elle déclaré en regardant sa montre.

Comme je savais qu'il était inutile de lui parler de Mme Graybill, je me suis contentée de m'excuser du bout des lèvres.

Tina a posé le plateau près de sa mère et a demandé :

— Tu as besoin d'autre chose ?

— J'ai besoin qu'on me laisse en paix, un point c'est tout !

La sonnette de la porte d'entrée a retenti pile au même moment.

— Je vais ouvrir, a dit Tina.

À peine sa fille était-elle partie que Mme Landvogt a lancé son fauteuil roulant sur moi.

— Vous allez à présent me raconter tout ce que vous avez fait, dans les moindres détails. Je veux savoir où vous êtes allée, à qui vous avez parlé, et ce que vous avez appris.

Et sur ces paroles, elle m'a quasiment poussée

dans un fauteuil en fer forgé aux accoudoirs ornés de têtes de dragons.

— Parlez-moi d'abord du coup de fil que vous avez reçu, ai-je demandé.

— Que voulez-vous savoir ?

— Avez-vous enregistré la conversation ?

— Enregistré ? Comment voulez-vous que je l'enregistre ?

— Vous n'avez pas de répondeur ?

— Bien sûr que si !

— Où est-il ?

Elle a désigné son bureau.

— Vous voulez dire que je peux enregistrer une conversation avec cet appareil ?

— Évidemment.

Dame Croco a pris un air pincé.

— Pourquoi ne m'avez-vous pas dit ça plus tôt ? s'est-elle exclamée. J'aurais pu enregistrer la voix de cet homme !

J'ai fermé les yeux et je me suis efforcée de garder mon calme.

— C'est donc un homme ? ai-je dit.

— Oui. Tout à fait.

Le bip de la porte d'entrée a résonné au loin.

— Quel genre de voix a-t-il ? Est-ce qu'il parle avec un accent ?

— Il avait une voix un peu métallique. Comme s'il se pinçait le nez.

— Bien. Et que vous a-t-il dit exactement ? Que veut-il ? Un échange ?

Elle a éclaté d'un rire saccadé.

— Exactement. Vendredi prochain, à huit heures du soir, sous la pendule du centre commercial.

Puis, en tapotant sur son plâtre, elle a ajouté :

— Dites-moi un peu comment je pourrais lui porter la somme qu'il réclame dans l'état où je suis.

— Madame Landvogt, pourquoi n'appelez-vous pas la police ? Tina m'a dit que vous aviez un ami qui...

— Ne recommencez pas avec ça ! Vous savez très bien comment il réagirait. De plus, Andy ferait tout rater. Il se noie dans un verre d'eau.

— Mais réfléchissez... Le centre commercial, un vendredi soir juste avant Noël... Cet homme n'aura aucun mal à disparaître dans la foule.

Elle s'est mise à polir un de ses ongles sur la manche de son vêtement et a dit :

— Quoi qu'il en soit, ce scénario est totalement improbable, car nous savons pertinemment que vous aurez retrouvé ma chienne d'ici là.

— Mais...

Elle a tendu la main devant ses yeux pour admirer ses griffes.

— Vous en avez déjà apporté la preuve.

— Mais je n'ai absolument rien fait !

— Comment donc ! La façon dont vous m'avez amenée à vous parler de Royce, et la petite scène du répondeur. Vous êtes très maligne et vous êtes motivée. N'est-ce pas, Sara ? a-t-elle fait.

Cette femme était vraiment odieuse. Alors que je me retenais de lui bondir dessus, on a frappé à la porte. Le Croco a poussé un soupir en marmonnant :

— Cette fille ne saura donc jamais suivre mes instructions.

Puis elle a dit tout haut :

— Qu'y a-t-il ?

Tina est entrée, une boîte en carton à la main.

— Je suis désolée de te déranger, maman, mais je suis inquiète. J'ai trouvé ce colis sur le perron. Ça s'est passé exactement comme pour la demande de rançon.

— Que veux-tu dire par là ? a demandé Mme Landvogt en frémissant.

— Je n'ai vu personne lorsque j'ai ouvert la porte, a répondu Tina. J'ai regardé dans la rue, mais il n'y avait pas âme qui vive.

— Ouvre-le !

Tina a arraché le scotch qui fermait la boîte puis, après un moment d'hésitation, elle l'a tendue à sa mère.

— Je crois qu'il vaudrait mieux que tu l'ouvres toi-même.

Le Croco a soulevé un rabat du couvercle, puis l'autre, et a poussé un hurlement.

Je me suis aussitôt approchée. La boîte était remplie de poils. De poils orange.

Je ne savais pas que les crocodiles pouvaient s'évanouir. Pourtant, c'est bel et bien ce qui est arrivé à celui qui se trouvait devant moi.

Tina s'est précipitée vers sa mère et l'a éventée avec une enveloppe, tandis que j'examinais le contenu de la boîte. Pas de doute. Il s'agissait bien des poils de Marique. Il y avait même son collier. En fait, il ne manquait que son corps.

Lorsque Mme Landvogt est enfin revenue à elle, elle a demandé dans un murmure :

— Est-ce qu'elle est...

J'ai attrapé une boule de poils.

— Chauve ? Oui.

Elle a saisi la boîte en hurlant :

— Maaaariiiique ! Maaaariiiique !

J'ai aussitôt redressé la tête. C'était exactement la voix que j'avais entendue le soir du défilé.

Je me suis tournée vers Mme Landvogt. Elle pleurait à chaudes larmes sur la boîte remplie de poils. Décidément, je ne comprenais rien à ce qui se passait dans cette maison. Absolument rien.

Il faisait nuit lorsque j'ai pris congé de Mme Landvogt. J'aurais dû rentrer tout de suite, d'autant plus que Grand-mère devait m'attendre, mais je n'ai pas pu résister à la tentation d'aller raconter à Marissa l'histoire du colis piégé et de la bombe poilue.

Marissa m'a fait entrer, puis elle a pointé un doigt vers la cuisine.

— Ma mère est en train de préparer le dîner. Elle s'est inscrite à un club de gourmets avec papa, a-t-elle précisé en levant les yeux au ciel. Mikey et moi, on leur sert de cobaye. Viens voir. Elle porte même un tablier !

Je l'ai suivie jusqu'à la cuisine en riant.

Mme McKenze a levé les yeux de sa cuisinière à six feux et m'a adressé un grand sourire.

— Bonjour, Sara ! Quelle bonne surprise ! Tu veux rester dîner ? Ce soir, nous mangeons des... costolette di vitello alla milanese, a-t-elle précisé après avoir jeté un coup d'œil à son livre de recettes.

— C'est-à-dire des côtelettes de veau, a traduit Marissa.

Je dois avouer que ça sentait plutôt bon, mais à voir la façon dont la table était dressée, j'ai compris que je ne saurais jamais de quelle fourchette ou de quel couteau me servir.

— Je vous remercie, mais ma grand-mère m'attend.

Je me suis alors souvenue que la mère de Marissa avait déjà rencontré le Crocodile.

— Au fait, Mme McKenze, ai-je demandé, que savez-vous de Mme Landvogt ?

— Pas grand-chose, a-t-elle répondu en versant un peu d'huile d'olive dans une poêle. J'ai été invitée une fois à dîner chez elle, mais elle ne m'a pas beaucoup plu, et je n'ai pas eu envie de mieux la connaître.

— Pour quelle raison ?

— Je ne sais plus, mais je crois que c'est la façon dont elle parlait de sa fille qui m'a refroidie.

— Vous voulez dire Tina ?

— Oui. Lilia était folle de rage contre elle. Je ne me souviens plus pourquoi. Mais je trouve que c'était déplacé d'en parler à un dîner.

Mme McKenze a saisi une escalope panée sur une assiette et l'a déposée dans la poêle.

— C'était quand ?

Une deuxième escalope a atterri dans l'huile bouillante.

— Oh, cela fait plusieurs années, a-t-elle répondu avant de baisser la flamme. Mais pourquoi me poses-tu toutes ces questions, Sara ?

— Eh bien... Disons qu'aujourd'hui, c'est contre moi qu'elle est très en colère.

— Lilia ?

J'ai hoché la tête.

— Pourquoi diable serait-elle en colère contre toi ?

J'ai regardé Marissa. Elle a haussé les épaules en secouant la tête.

— Eh bien... J'étais responsable de sa chienne pendant le défilé et elle s'est enfuie.

Pendant une seconde, j'ai cru que Mme McKenze allait lâcher sa troisième escalope, mais elle m'a regardée dans les yeux et a répondu :

— C'est ça !

— Je suis censée comprendre quelque chose ?

— Oui. Je me souviens maintenant, Lilia en voulait à sa fille car elle avait perdu son chien ! Je crois que sa fille avait laissé la porte du jardin ouverte, et que le chien s'était enfui...

— Est-ce qu'il s'appelait Marique ?

Elle a retourné ses escalopes dans la poêle avant de me demander :

— C'est le nom de la chienne dont tu étais responsable ?

— Hum, hum.

— Ça ne peut pas être la même. Celle dont je parle a été retrouvée une centaine de mètres plus loin sur Jasmine Street. Elle s'était fait écraser par une voiture.

12

En partant de chez Marissa, je ne me suis même pas posé la question de savoir si Grand-mère m'attendait ou pas. Je suis allée directement chez Hudson. Trop de choses se bousculaient dans ma tête et j'avais besoin de m'asseoir sous sa véranda en attendant qu'elles s'organisent et prennent un sens.

Sauf que Hudson n'était pas sous sa véranda. Il était dans la maison, en train de faire des gaufres.

Il a pris une assiette et l'a posée à côté de la sienne, sur la table.

— Pourquoi ne téléphones-tu pas à ta grand-mère pour lui dire que tu restes dîner avec moi ? a-t-il suggéré.

Je ne me le suis pas fait dire deux fois. J'ai appelé Grand-mère, et cinq minutes plus tard, je versais du sirop d'érable sur ma gaufre.

Hudson a mangé la sienne avec un œuf au plat. Après avoir percé le jaune, il a posé une tranche de jambon dessus et a arrosé le tout de sirop d'érable.

— Il n'y a rien de meilleur ! s'est-il exclamé en souriant comme un enfant de cinq ans.

J'ai éclaté de rire.

On a donc mangé nos gaufres, moi sucrées, lui salées, jusqu'à ce que nos appétits respectifs soient comblés.

— Au fait, ça se passe comment avec Élisa ? a demandé Hudson alors que je l'aidais à débarrasser.

— Très bien ! Après l'école, je l'accompagne à la maison de retraite où travaille sa mère. Elle est adorable.

Hudson a souri.

— J'imagine, oui, qu'elle doit l'être. Et Hazel ? Tu as avancé de ce côté-là ? a-t-il demandé en versant quelques gouttes de produit vaisselle dans l'évier.

Je lui ai raconté ce qui s'était passé à l'école et comment j'avais réussi à mettre Hazel à bout de nerfs. Quand j'en suis arrivée à l'histoire des cadeaux et que je lui ai décrit la façon dont elle avait jeté le sien à la poubelle, Hudson est parti d'un grand éclat de rire.

— C'est parfait !

— Sauf que je ne vois pas du tout Hazel passer aux aveux.

— Ne sous-estime pas le pouvoir d'une conscience coupable, a-t-il déclaré.

Pendant que j'essuyais la vaisselle, Hudson a préparé deux tasses de chocolat chaud.

— Comment va la vie, à part ça ? a-t-il demandé. Tu ne veux toujours pas parler de ce qui te chiffonnait, l'autre soir ?

J'ai poussé un long soupir.

— Non, je ne préfère pas.

On est sortis sur la terrasse, nos tasses à la main. Un millier d'étoiles brillaient dans le ciel, et la Lune, à moitié cachée par un petit nuage, évoquait un oreiller en plumes.

— Cela soulage parfois de partager ses soucis, tu sais.

Bien sûr que j'avais envie de tout lui raconter. De lui parler de Mme Landvogt qui me faisait chanter, de Paula Nook et de M. Petersen. Mais curieusement, quand j'ai ouvert la bouche, j'ai dit :

— Tu connais Mme Graybill ?

— Cette commère qui habite au même étage que ta grand-mère ?

— Oui. Elle est dans une maison de retraite.

Hudson m'a observée pendant quelques minutes, puis il a regardé le ciel.

— Je ne souhaite à personne de se retrouver dans une maison de retraite, a-t-il déclaré en lissant du doigt un de ses sourcils broussailleux. Mais c'est étrange, cela n'a pas l'air de te procurer un grand soulagement.

J'ai laissé échapper un soupir et je lui ai raconté ma visite à la maison de retraite : la façon dont Mme Graybill m'avait accueillie, dont elle avait pris ma main et ne voulait plus la lâcher. Et lorsque je lui ai parlé de Billy McCabe et de sa sœur, il a secoué la tête.

— Quel dommage ! Quel gâchis, devrais-je dire. Vu de l'extérieur, tout cela paraît ridicule, mais quand on est pris dans ce genre d'histoires, la rancune est comme une drogue dont on ne peut se défaire. Comme la cupidité ou le pouvoir. Sous son emprise, on peut faire n'importe quoi.

Il a pris sa tasse de chocolat entre ses mains et a soufflé sur le liquide bouillant pour le refroidir.

— Elle n'a personne qui puisse l'aider ?

J'ai regardé de nouveau la Lune et j'ai secoué la tête.

Personne, ai-je pensé. À part moi.

J'étais en route pour la Résidence du Soleil couchant lorsqu'une idée m'a traversé l'esprit. Je sais bien que je suis mineure et que je fais tout juste mon âge. Pourtant, plus j'y réfléchissais, plus je me disais que dans la mesure où le Palmer's Grill était à la fois un bar et un restaurant, il y avait peut-être une salle de jeux vidéo où je pourrais me faufiler pour espionner Paula Nook.

Le Palmer's Grill se trouve assez loin du centre-ville, sur West Main Street. Pas aussi loin que l'imprimerie de M. Petersen, mais presque. J'aurais été bien en peine d'expliquer ce qui me poussait à aller là-bas, mais ça me semblait plus judicieux que de rester assise à la maison à attendre que la solution arrive toute seule.

Je ne pensais pas du tout à M. Petersen. Il était même à des lieues de mes préoccupations. Mais lorsque j'ai traversé le parking du restaurant, je n'ai pas pu ignorer le véhicule garé entre une vieille Toyota et un 4 × 4. Car c'était celle de M. Petersen.

Du coup, j'ai hésité à entrer. Parce que si Paula Nook avait peu de chances de me reconnaître, étant donné qu'elle ne m'avait vue que d'un œil, je ne pouvais pas en dire autant de M. Petersen.

Je suis donc restée là, plantée au milieu du parking, à me dire que je ferais mieux de rebrousser chemin quand une porte, sur le côté du restaurant, a attiré mon attention. Une poubelle la maintenait ouverte. Je me suis approchée. La porte donnait sur la cuisine où deux hommes travaillaient : l'un faisait la plonge et l'autre retournait des morceaux de viande grasse sur un gril. Le sol était jonché de boîtes en carton. On aurait dit que quelqu'un avait fait des provisions de serviettes en papier et d'oignons pour un an. Devant le frigo se trouvait un grand bac à roulettes rempli de petits pains pour hamburgers.

Alors que j'observais les deux hommes, j'ai senti une bête ramper à mes pieds. Et ce n'était pas n'importe quelle bête, oh non ! C'était un rat énorme, du genre à dévorer plusieurs chats à chaque repas !

J'ai aussitôt donné un grand coup de pied dans la poubelle pour le faire fuir et quand les deux cuistots ont pointé leur nez pour voir d'où provenait ce vacarme, j'étais déjà cachée au fond de la cour entre des sacs de détritus.

Tout en veillant à prévenir l'attaque d'un nouveau monstre rongeur, j'ai remarqué qu'une autre porte, à l'arrière du Palmer's Grill, était elle aussi grande ouverte.

J'ai enjambé les ordures qui jonchaient le sol et je m'en suis approchée tout doucement. Elle ouvrait sur un minuscule couloir qui donnait sur la salle de billard contiguë au restaurant.

Un énorme nuage de fumée planait au-dessus des tables de jeu. Je me suis assise dans un coin et j'ai observé les clients. Une femme coiffée d'un chapeau de cow-boy et vêtue d'une espèce de robe de Gitane jouait contre un homme au crâne rasé et à la moustache fine. À mon avis, elle devait gagner car l'homme se tenait en retrait, l'air sinistre, tandis qu'elle tournait autour de la table et faisait rouler les boules.

Je ne sais pas pourquoi, mais cette Gitane me fascinait, et au lieu de chercher Paula Nook et M. Petersen comme je pensais le faire, je ne la quittais pas des yeux. Elle avait des roses tatouées sur les jambes, et portait de curieuses sandales dont les lanières en cuir partaient du gros orteil pour entourer ensuite la cheville. Bien que plutôt forte, elle se déplaçait avec grâce.

— Belle partie ! s'est-elle soudain exclamée après avoir fait tomber la dernière boule.

Le moustachu a marmonné quelque chose puis il a jeté un billet de vingt dollars sur la table et a disparu.

La Gitane a glissé le billet dans l'échancrure de sa robe et a frotté la queue de billard à un morceau de craie bleue.

— Tu sais jouer ? a-t-elle demandé.

Comme elle me tournait le dos, je n'ai pas imaginé

qu'elle puisse s'adresser à moi et je suis restée assise, immobile.

Elle s'est alors retournée et m'a tendu la queue de billard.

— Ne sois pas timide. Viens.

— Mais je... je ne sais pas jouer, ai-je répondu en rougissant.

— Eh bien, je vais t'apprendre ! a-t-elle répliqué en m'attrapant par le bras.

Alors qu'elle mettait en place les boules, j'ai aperçu Paula Nook qui traversait la salle, un plateau dans les mains.

— Tu connais Paula ? a demandé la Gitane en suivant mon regard.

— Non, non.

Elle a éclaté de rire.

— Tu ne sais pas mentir !

La peur m'a brusquement saisie et j'ai hésité à me sauver en courant. Que pouvais-je espérer apprendre dans un lieu pareil ? Et qui accepterait de parler à une enfant de treize ans, suffisamment stupide en plus pour entrer au Palmer's Grill à la nuit tombée ?

La Gitane, qui avait deviné mes craintes, m'a serré le bras en disant :

— Du calme ! Du calme !

Elle m'a entraînée dans le coin et m'a fait asseoir.

— Je pensais que tu avais envie de jouer, a-t-elle repris. J'ai cru que tu faisais ta timide.

Elle m'a observée plus attentivement, puis a murmuré :

— Qu'est-ce qui te met dans un état pareil ?

J'ai jeté un coup d'œil par-dessus mon épaule vers le fond de la salle. Pas de doute : c'était bien Paula Nook qui avait apporté la commande de M. Petersen. Mais elle ne s'était pas contentée de déposer les plats sur la table : elle s'était assise en face de lui.

— C'est Paula, n'est-ce pas ? a demandé la Gitane.

J'ai décidé de ne pas lui répondre.

— Vous connaissez l'homme qui est avec elle ?

— Royce ? Oui, bien sûr. C'est un habitué.

— Ils sont amis ?

— Paula et lui ? Si on veut. Disons qu'ils ont plutôt des rapports professionnels.

En tout cas, il était clair que M. Petersen et Paula Nook ne s'entretenaient pas de la pluie et du beau temps. Elle était penchée sur la table et agitait un doigt en l'air comme si elle essayait de le persuader que la Terre était ronde.

— Ma parole, a dit la Gitane. Je n'ai jamais vu Paula se comporter comme ça avec lui !

Et tout en caressant les roses tatouées sur ses jambes, elle a murmuré :

— Je peux faire quelque chose pour t'aider ?

— J'essaie simplement de sortir du gigantesque bourbier dans lequel je suis tombée et j'aimerais qu'ils ne sachent pas que je suis...

Je n'ai pas fini ma phrase parce que M. Petersen a levé les yeux et m'a vue. Pendant une minute, il s'est contenté de me fixer du regard. Puis il a tapoté sur le bras de Paula en me montrant du doigt.

Même si elle ne m'avait vue que d'un œil, je suis sûre qu'elle m'a reconnue car elle s'est levée d'un bond et a foncé sur moi.

— Il faut que je parte ! ai-je lancé à la Gitane avant de filer comme une flèche.

Et j'aurais sans doute couru jusqu'à Main Street sans m'arrêter si, en passant devant les toilettes, je n'avais pas entendu un bruit. Quelque chose comme un petit cri aigu et plaintif.

Le Cyclope était à mes trousses, mais tant pis. J'ai pivoté sur mes talons et j'ai actionné le loquet des toilettes pour femmes. Sans résultat.

Moi qui n'avais jamais été jetée dehors d'un endroit quelconque, j'ai brusquement senti le Cyclope qui me soulevait de terre et me poussait dans la cour en disant :

— Si tu as envie de pisser, va dans les buissons !

Et elle a claqué la porte dans mon dos.

Je me suis retrouvée au milieu des détritus, à un

mètre à peine de la seule chose qui pouvait me sauver des dents du Crocodile. Et bien sûr, je n'avais qu'une idée en tête : retourner à l'intérieur.

13

Si c'était vraiment Marique que j'avais entendu gémir dans les toilettes pour femmes, j'allais devoir défoncer la porte pour la libérer. Ou appeler la police et leur dire qu'il y avait une bombe dans le restaurant. Bref, trouver quelque chose qui les ferait venir tout de suite.

Comme Paula Nook avait pris soin de fermer la porte à clé, je suis retournée du côté de la cuisine. Mais là aussi, j'ai trouvé porte close. Il ne me restait donc plus qu'à attaquer le Palmer's Grill de front. Mais au moment où je me dirigeais vers l'entrée principale, M. Petersen, *alias* Gros Cafard, est sorti.

Il s'est arrêté sur le seuil, aux aguets, puis a jeté

un coup d'œil de chaque côté de Main Street. Je suis sûre que c'est moi qu'il guettait. J'ai attendu qu'il s'approche de sa voiture pour m'avancer vers lui.

Il a sursauté en me voyant.

— Qu'est-ce que tu fabriques ici ! Fiche-moi le camp ! Je n'ai rien à te dire !

Je n'ai pas bronché et je l'ai regardé droit dans les yeux.

— Je ne plaisante pas ! a-t-il repris en me bousculant pour passer.

Rien qu'à son attitude, j'ai senti qu'il avait quelque chose à se reprocher. Il était dans une situation délicate.

Du coup, j'ai décidé de tenter ma chance.

— Monsieur Petersen, si votre affaire coule, vous allez vous retrouver avec très peu d'argent en poche, n'est-ce pas ? ai-je dit.

Il est monté dans sa voiture et a claqué la portière. La fenêtre était fermée, mais j'ai continué sur ma lancée.

— Bien sûr, cinquante mille dollars seraient les bienvenus. Encore faut-il mettre la main dessus...

La vitre s'est aussitôt abaissée, et je me suis retrouvée pour la seconde fois nez à nez avec son revolver.

— Je crois te l'avoir déjà dit : ne te mêle pas de cette affaire ! a-t-il dit sur un ton lourd de menace.

On pourrait penser que je m'étais habituée à ce

qu'on braque un revolver sur moi. Eh bien, pas du tout. J'ai fait un bond en arrière, j'ai levé les mains en l'air et je suis restée pétrifiée, tandis que le Cafard sortait du parking en faisant crisser les pneus de sa voiture. J'étais en train de me rappeler un article que j'avais lu au sujet d'un homme qu'on avait retrouvé mort sur le trottoir d'une ville de banlieue, quand j'ai entendu une voix dans mon dos.

— C'est fini. Tu n'as plus rien à craindre. Il est parti, disait-elle.

J'ai pivoté sur mes talons et j'ai vu la Gitane qui me regardait en secouant la tête, l'air écœuré.

Tout à coup, j'ai senti mes jambes flageoler. Je me suis assise au bord du trottoir, la tête entre les mains et, sans pouvoir me retenir, j'ai éclaté en sanglots.

La Gitane s'est assise près de moi et, pendant un temps infini, elle est restée silencieuse.

— J'ai comme l'impression que tu y es jusqu'au cou, dans ce bourbier, a-t-elle murmuré enfin.

J'ai séché mes larmes et j'ai souri.

— Ça, on peut le dire.

J'ai failli tout lui raconter, mais je me suis abstenue au dernier moment.

— Il faut que j'aille aux toilettes du Palmer. À cause de la chienne, ai-je expliqué.

Elle a tendu la main et l'a posée sur mon front.

— La chienne ? a-t-elle répété.

— Oui. Celle qui est enfermée dans les toilettes pour femmes du Palmer.

— Il n'y a pas de chien.

— Comment le savez-vous ?

— J'en viens.

— Les toilettes n'étaient pas fermées à clé ?

Elle m'a observée pendant une minute avant de dire :

— Je crois que tu devrais rentrer chez toi boire un grand verre de lait chaud.

— Vous ne m'avez pas répondu. Elles étaient fermées à clé ou pas ?

— Personnellement, je n'ai eu aucun problème pour entrer.

— Et il n'y avait pas de chien à l'intérieur ?

— Non, a-t-elle répondu avant de froncer les sourcils et d'ajouter :

— Maintenant que j'y pense, il y avait un bol d'eau posé par terre.

J'ai bondi sur mes pieds.

— J'en étais sûre !

— Oh, là ! Du calme ! Je ne pense pas que ce soit très raisonnable de retourner là-bas. Manifestement, Royce n'a pas l'air ravi de te voir rôder autour de son bar favori. Et pour tout te dire, j'ai rarement vu quelqu'un mettre Paula dans une telle colère. En tout cas, certainement pas une gosse de ton âge.

— Vous ne comprenez pas ! me suis-je exclamée.

— Comment veux-tu que je comprenne si tu ne m'expliques rien ?

Je l'ai observée en silence pendant quelques minutes, puis j'ai décidé de tout lui raconter. Je lui ai parlé de Marique, je lui ai parlé du chantage dont j'étais victime. Je lui ai dit tout ce que je savais. Et quand je me suis arrêtée pour reprendre mon souffle, j'ai vu que ses sourcils avaient pratiquement disparu sous son chapeau.

— Tu es sérieuse ? a-t-elle demandé.

J'ai levé les bras au ciel.

— À votre avis ? Vous croyez qu'on me braque des revolvers sous le nez pour rire ?

— Calme-toi ! Je suis désolée ! C'est simplement que... je n'en reviens pas !

Elle a eu un air songeur puis a fini par dire :

— Paula a un chien.

— Je sais. Il s'appelle Ribs. Mais celui que je cherche est un loulou de Poméranie.

Elle a éclaté de rire.

— Eh bien, je peux t'assurer que le chien de Paula n'a rien d'un loulou de Poméranie. Il n'a pratiquement pas de poils.

— Celui que je cherche non plus.

— Comment ça ?

Je lui ai raconté l'histoire du colis et de la bombe poilue et j'ai ajouté :

— Je sais à quoi ressemblait cette chienne avant. Aujourd'hui, elle doit sans doute faire plus penser à un rat qu'à un chien.

La Gitane est partie d'un grand éclat de rire, puis elle s'est levée.

— Tu sais quoi ? a-t-elle dit. Je vais aller jeter un coup d'œil là-bas. Si j'aperçois le moindre rat plus gros que la moyenne, je te préviens. Cache-toi en m'attendant. Il ne vaut mieux pas qu'on te voie par ici.

Quand elle est revenue, elle m'a annoncé que Paula était partie précipitamment en prétextant une urgence.

— Sinon, j'ai regardé dans la cuisine et je n'ai pas vu le moindre rat. Hormis les habituels, bien sûr. J'ai également jeté un coup d'œil dans les toilettes. Il n'y avait pas de rat, mais j'ai bien vu un bol par terre.

— Est-ce qu'il y a de l'eau dedans ?

Elle a hoché la tête.

— Maintenant tu ferais mieux de rentrer chez toi.

J'ai réfléchi. Elle avait sans doute raison. De toute façon, si Marique avait été enfermée dans les toilettes, elle n'y était plus. Retourner là-bas ne m'avancerait à rien. J'ai remercié la Gitane, et je suis partie.

— Hé ! a-t-elle appelé alors que je m'apprêtais à traverser la rue. Qu'est-ce que je fais si j'entends parler de quelque chose ? Où est-ce que je peux te joindre ?

Bien qu'elle paraissait pleine de bonnes intentions à mon égard, j'ai pensé que Grand-mère n'apprécierait pas trop que je donne son adresse à une femme qui joue au billard et qui a les jambes tatouées. Mais en même temps, je ne voulais pas me priver des informations qu'elle risquait d'obtenir. Du coup, je lui ai suggéré qu'on se rencontre à la sortie de l'école.

— Je suis au collège William Rose et je finis tous les jours un peu après trois heures.

— Parfait, a-t-elle répondu, et elle a disparu dans la nuit.

14

Quand Hazel est entrée dans la salle de classe, elle n'a même pas cherché à savoir ce que contenait la boîte posée sur sa table. Elle l'a jetée directement à la poubelle.

Elle n'était pas la seule à avoir reçu un autre cadeau. En arrivant à ma place, j'ai trouvé un flocon de neige en plastique. Je me suis aussitôt tournée vers Monique, mais elle ne regardait pas du tout de mon côté. Même chose pour Brandy et Tawnee. Quant à Cassie, impossible de savoir : comme d'habitude, sa frange masquait ses yeux. Je m'apprêtais à poursuivre mon tour d'horizon, quand Marissa m'a fait signe de loin. Elle m'avait apporté son Polaroïd.

Dès la fin du cours, on s'est mises à l'écart, et elle m'a expliqué comment m'en servir.

— J'espère que tu feras bonne chasse !

Marissa ne pouvait pas mieux dire : je partais bel et bien à la chasse. L'ennui, c'est que la bête avait disparu. Impossible de dénicher Hazel. Je n'étais pas loin de penser qu'elle m'avait échappé pour de bon, quand je l'ai aperçue qui entrait dans la classe de Mme Pilson.

J'ai fait demi-tour et je suis entrée derrière elle.

Sa réaction ne s'est pas fait attendre.

— Qu'est-ce que tu as à me suivre ? Laisse-moi tranquille !

J'ai levé le Polaroïd et j'ai appuyé sur le bouton. Après quelques crépitements plaintifs, l'appareil a craché une photo.

— Tu n'as pas le droit de faire ça ! Donne-moi cette photo !

Je me suis contentée de lui adresser un regard dont le message était clair. « Je t'aurai ! » disait-il, et je suis partie.

Après le déjeuner, c'est à la bibliothèque que je l'ai prise en photo. Deux fois. Le premier cliché était très réussi, mais j'ai jeté le second, car Hazel cachait son visage derrière un livre.

Enfin, je l'ai photographiée une dernière fois, en train de descendre les marches du collège, à la sortie des cours.

Si avec toutes ces photos, l'inspecteur Borsch ne reconnaissait pas Hazel au milieu de la foule, c'est qu'il était plus miro qu'une taupe !

Élisa n'a même pas pris le temps de me dire bonjour, quand je suis arrivée devant son école. Dès qu'elle m'a vue, elle a couru en bas des marches en criant :

— Tu ne me croiras jamais ! Il a inondé la classe !

— Qui ça ? Shane ?

— Oui ! Il a bouché l'évier avec un chewing-gum, et il a ouvert le robinet d'eau à fond pendant qu'on était à la cantine. Quand on est revenus, Mme Ugalde a glissé sur le sol mouillé. Elle est tombée, et quand elle s'est relevée, elle avait le derrière tout trempé !

Alors qu'on arrivait à proximité de Cork Street, j'ai expliqué à Élisa que je devais passer au commissariat. Elle qui n'avait pas arrêté de babiller jusque-là s'est brusquement tue.

— Pourquoi tu dois y aller ?

— Je dois parler à l'inspecteur Borsch.

Elle a fait la moue et a croisé les bras.

— Je le déteste, celui-là !

— Si tu veux savoir, moi aussi !

— Alors pourquoi on doit y aller ?

J'ai réfléchi un instant. Puis j'ai sorti les photos de Hazel.

— Tu vois cette fille ?

— Oui. Et alors ?

— C'est la Shane de ma classe.

Élisa a regardé les photos une à une.

— Je l'ai vue au défilé de Noël, a-t-elle dit enfin.

— Tu l'as vue ? Où ça ?

— Elle marchait dans la rue, quand on était en train de me déguiser.

— Tu es sûre ?

Elle a éclaté de rire.

— Oui, même que j'ai cru qu'elle était déguisée en clown.

Je me suis penchée à nouveau sur les photos. J'étais tellement habituée à l'allure de Hazel que je n'y prêtais plus vraiment attention, mais Élisa avait raison : avec sa tignasse rousse et ses boucles d'oreilles, Hazel avait effectivement l'air d'un clown. Un clown grincheux, mais un clown tout de même.

— Est-ce qu'elle portait un costume ? ai-je demandé.

— Non.

— Et est-ce qu'elle avait un chat ?

— Un chat ? Non. En tout cas, je ne crois pas. Je l'ai juste vue passer.

Tout à coup, elle a mis la main sur sa bouche et a ouvert de grands yeux.

— Tu crois que c'est elle qui a lancé les chats ? a-t-elle demandé.

J'ai hoché la tête.

— Oui, et c'est pour ça que je veux passer au commissariat. Tu es d'accord pour m'accompagner maintenant ?

Elle ne m'a pas vraiment répondu et on a poursuivi notre chemin. Une fois devant le commissariat, elle s'est assise sur un banc, juste à côté de la porte.

— Dépêche-toi, s'il te plaît.

— Tu ne veux pas venir avec moi ?

— Non.

J'ai ouvert la porte.

— D'accord. Attends-moi ici. Je fais vite.

Bien qu'en uniforme, la femme qui se trouvait à l'accueil ressemblait plus à une serveuse du Palmer's Grill qu'à un officier de police. Elle avait les cheveux décolorés avec des racines noires, et le vernis orange de ses ongles était tout écaillé. Quand je me suis approchée, elle fourrageait dans une pile de papiers posés sur le comptoir. Avec ses cheveux ébouriffés, ses ongles peints et son nez crochu, on aurait dit un oiseau géant, coiffé d'un nid, en train de gratter le sol pour trouver des miettes à picorer.

— Excusez-moi, ai-je murmuré.

Elle a levé les yeux.

— Oui ?

— Je... Je voudrais parler à l'inspecteur Borsch.

Elle a plongé une griffe dans le nid pour se gratter le cuir chevelu.

— Il n'est pas là aujourd'hui. Est-ce que je peux faire quelque chose pour toi ?

J'ai regardé par-dessus mon épaule pour m'assurer qu'Élisa était toujours assise sur le banc.

— Non, je repasserai demain.

— Veux-tu lui laisser un message ?

— Dites-lui simplement que je repasserai demain, à la même heure.

— Et tu t'appelles ?

— Sara Kay. Dites-lui aussi que c'est à propos des chats.

Elle a levé le bec de quelques centimètres.

— Ah ! les chats. Ça va sûrement l'intéresser.

Comme elle donnait l'impression de se moquer de moi, j'ai failli lui répondre sur un ton désagréable. Mais je m'en suis abstenue et je suis allée rejoindre Élisa. Une femme condamnée à passer sa vie avec une tête de dodo mal coiffé n'avait pas besoin de mes réflexions déplaisantes en prime.

— On y va, Élisa ! Tu vois, ça n'a pas été long.

Élisa ne s'est pas levée.

— Si je devais choisir entre Shane et Gil, je choisirais Shane, a-t-elle déclaré.

Je l'ai regardée un moment avant de comprendre où elle voulait en venir puis je me suis assise à côté d'elle.

— Je n'aime pas plus que toi l'inspecteur Borsch, ai-je confié. Mais si toi, tu trouves Shane drôle, moi, je ne trouve pas Hazel drôle du tout. Elle est méchante.

Je me suis levée et je lui ai tendu la main.

— Ce vieux Borsch est peut-être ronchon, gros et laid, mais il ne cherche pas à faire de mal aux gens, comme Hazel.

Élisa m'a pris la main et on est parties le long de l'avenue.

— Tu sais, j'aurais préféré ne pas avoir à passer au commissariat, mais je suis dans un sale pétrin, et c'est en partie à cause de cette fille.

— À cause des chats ?

— Disons que si c'est Hazel la coupable, elle a rendu ma vie cent fois plus compliquée qu'elle ne l'était déjà.

— Pourquoi ?

Je lui ai parlé de Mme Landvogt. Je me suis même amusée à l'imiter et à ouvrir la bouche comme un crocodile. Et comme cela la faisait rire, j'ai continué et tout à coup Élisa a cessé de rire.

— Elle a vraiment dit ça ? a-t-elle demandé.

Il m'a fallu une minute pour redescendre sur terre.

— Dit quoi ?

— Qu'elle te jetterait à la rue si tu ne retrouvais pas sa chienne ?

Je me suis mordu la langue. Mme Keltner était une amie de l'inspecteur Borsch. Il ne fallait surtout pas qu'il apprenne ce que j'avais dit !

Élisa a tout de suite compris.

— Ne t'inquiète pas, a-t-elle murmuré. Je ne dirai rien !

Je savais qu'elle était capable de garder un secret.

Lorsqu'on est arrivées à la maison de retraite, la dame à l'accueil a aussitôt lancé en nous voyant :

— Elle est là !

J'ai cru que Mme Keltner était inquiète parce qu'on était un peu en retard, mais quand elle est apparue dans le hall, j'ai très vite compris qu'Élisa n'était pas en cause.

— Je suis contente de te voir, Sara, a-t-elle dit. Daisy t'a demandée toute la journée. Viens, allons-y.

— Elle m'a demandée ? ai-je répété en lui emboîtant le pas le long du couloir qui menait à la chambre de Mme Graybill.

— Elle t'a réclamée, plus exactement, a répondu

la mère d'Élisa. J'ai cru qu'elle allait se mettre en colère quand je lui ai dit que je n'avais pas l'intention de te faire manquer l'école pour que tu viennes lui rendre visite.

Alors qu'on approchait de la chambre, j'ai entendu :

— Saaaaraaaa... Saaaaraaaa... Saaaaraaaa...

On aurait dit la voix d'un fantôme. J'ai senti des frissons me parcourir le corps et j'ai dû m'arrêter un instant tellement je tremblais.

— Saaaaraaaa... Saaaaraaaa... Saaaaraaaa...

C'était bien la voix de Mme Graybill.

— Elle n'a fait que répéter ton nom toute la journée, a murmuré Mme Keltner. Rien d'autre. Elle a même refusé de manger.

Je suis entrée dans la chambre sur la pointe des pieds et je me suis assise sur la chaise qui se trouvait près du lit. Mme Graybill était enveloppée dans sa robe de chambre, les yeux fermés, le visage très pâle.

— Madame Graybill ? ai-je murmuré.

Elle a prononcé mon nom encore une ou deux fois, puis elle a toussoté et s'est tue. Ses paupières se sont soulevées, très légèrement d'abord, ne laissant apparaître que deux fentes à la place des yeux, et elle se sont enfin soulevées complètement. Ses yeux étaient vitreux, comme recouverts d'une pellicule de larmes. Elle a poussé un soupir.

— Te voilà enfin.

Je ne savais pas trop quoi dire.

— Voulez-vous que j'aille chercher quelque chose dans votre appartement ? ai-je demandé en me tortillant sur ma chaise.

Elle a oscillé la tête de droite à gauche sur son oreiller en me tendant la main.

— Te voilà enfin, a-t-elle répété.

Sa main était froide. On aurait dit celle d'une statue. Elle a plongé son regard dans le mien.

— Je te demande pardon, Sara. Je suis vraiment désolée. Pardonne-moi, s'il te plaît.

J'ai failli lui dire : Vous pardonner quoi ? Et puis, je me suis rappelé toutes les fois où elle entrait en trombe dans l'appartement de Grand-mère pour me dénicher par surprise. Ou quand elle me guettait dans l'escalier, espérant m'attraper au passage et me mettre à la porte de la résidence. Mais que pouvais-je répondre ? J'ai baissé les yeux, j'ai haussé les épaules et j'ai hoché la tête en signe d'acquiescement.

Elle n'a pas cillé.

— La vérité, Sara. Je veux entendre la vérité. Est-ce que tu me pardonnes ?

J'ai réfléchi plus sérieusement cette fois. J'ai repensé à toutes les mesquineries qu'elle m'avait faites, à toutes les méchancetés qu'elle m'avait dites, à toute la haine qui se dégageait de ses paroles. C'était comme si je feuilletais un album de photos retraçant ma vie avec elle. Mais les photos les plus récentes, celles où elle prononçait mon nom et où elle pleurait en me parlant de sa sœur, me montraient une Mme Graybill sous un jour bien différent. Aussi, j'ai fini par serrer sa main, et j'ai murmuré :

— Bien sûr que je vous pardonne.

Elle a inspiré très profondément puis elle a laissé s'échapper tout l'air de ses poumons. Ses lèvres ont articulé le mot merci et elle a fermé les yeux.

Je l'ai regardée, couchée dans sa robe de chambre rose, sa poitrine se soulevant au rythme de sa respiration. J'avais envie de partir, mais je ne savais pas comment m'y prendre. Du coup, je suis restée assise avec sa main dans la mienne en repensant à toutes les épreuves qu'on avait traversées ensemble et à toutes celles qu'*elle* avait traversées. Je me suis posé des questions sur Billy McCabe, sur sa sœur, sur sa mère.

Au bout d'un certain temps, j'ai senti que sa main était glacée. Il y avait toujours un filet de bave au coin de sa bouche, mais quelque chose avait changé.

Et tout à coup, j'ai compris. Sa poitrine ne se soulevait plus. Elle était immobile.

— Mme Graybill ? ai-je appelé doucement.

J'ai retiré ma main. Son bras est retombé.

— Mme Graybill ! ai-je appelé à nouveau.

Je me suis levée et je l'ai alors secouée par les épaules.

— Mme Graybill !

Je ne sais pas ce qui m'est arrivé. Je n'avais jamais éprouvé ça auparavant. Jamais. Je me suis mise à trembler comme une feuille et à m'agiter de façon frénétique. Et au milieu de toute cette agitation, des larmes se sont brusquement mises à couler le long de mes joues, parce que je venais de comprendre : Mme Graybill était morte.

Je suis sortie dans le couloir.

— Madame Keltner ! Madame Keltner ! ai-je appelé.

Élisa était assise dans le couloir. Elle s'est levée d'un bond.

— Qu'est-ce qui se passe ?

— Mme Graybill... Elle est... Elle est...

La maman d'Élisa est arrivée en courant. Elle m'a regardée, puis a dit à sa fille :

— Assieds-toi là. Ne bouge pas. Tout va bien.

— Mais maman...

— Assieds-toi !

Élisa s'est assise tandis qu'on entrait dans la chambre, Mme Keltner, une infirmière et moi. Elles se sont aussitôt précipitées vers Mme Graybill. Quelques secondes leur ont suffi pour constater son état. La maman d'Élisa s'est approchée de moi, et a passé son bras autour de mes épaules.

— Je suis désolée.

— Est-ce qu'elle est...

— Beaucoup mieux là où elle est, oui, a-t-elle répondu doucement. Il faut simplement la laisser partir.

C'était plus que je ne pouvais en supporter. J'ai couru dans le couloir et je suis sortie. Une fois dehors, je me suis assise sur le bord du trottoir et j'ai pleuré. J'ai pleuré tellement fort que j'avais l'impression d'avoir la grippe : mon estomac se tordait, mon corps était agité de tremblements, et je ne pouvais plus m'arrêter.

Tout à coup, j'ai senti une main se poser sur mon dos, et une petite voix a murmuré à mon oreille :

— Je suis désolée qu'elle soit morte.

Je n'ai pu que secouer la tête.

Élisa a regardé en silence mes larmes couler dans le caniveau, puis elle a demandé :

— Pourquoi pleures-tu, puisqu'elle est au paradis ?

J'ai essuyé mes joues, et j'ai de nouveau secoué la tête.

— Qui sait où elle est ? Elle est morte, ai-je déclaré en me levant. Il faut que je m'en aille d'ici...

Et je suis partie en courant.

Debout sur le trottoir, Élisa me suivait des yeux.

15

J'ai essayé d'appeler Grand-mère d'une cabine, mais après avoir laissé le téléphone sonner une bonne vingtaine de fois au moins, j'ai raccroché et je suis partie d'un pas mal assuré chez Hudson.

Il n'était pas chez lui non plus. Ça me faisait bizarre d'être seule sous sa véranda, mais dans l'état où j'étais, j'aurais été bien incapable d'aller ailleurs. Alors que je songeais à Mme Graybill et à la triste vie qui avait été la sienne, une femme est passée devant la maison en tirant sur la laisse de son pékinois. Tout à coup, ils ont resurgi tous les trois devant mes yeux : Mme Landvogt, M. Petersen et Paula Nook. J'étais à deux doigts de tout laisser tomber.

Cette enquête était de toute façon vouée à l'échec. Jamais je ne réussirais à mettre la main sur cette imbécile de chienne.

Pourtant, pour ne plus penser à Mme Graybill et ne plus pleurer, je me suis efforcée de réfléchir aux activités du Cyclope. Que faisait-elle avec Gros Cafard ? Et pourquoi avaient-ils été aussi effrayés en m'apercevant ? Ces questions me ramenaient inévitablement au Crocodile. Peut-être exigeaient-ils une rançon en échange de Marique ? À moins que ce ne soit elle qui les fasse chanter ?

Au bout d'un moment, épuisée par toutes ces interrogations sans réponse, j'ai compris que je n'arriverais à rien en restant là.

J'allais retourner chez Paula Nook.

Elle avait probablement une arme, elle aussi, mais dans la mesure où elle ne me l'avait pas encore pointée sous le nez, j'avais plus de chances de m'en sortir en allant chez elle qu'en rôdant du côté de l'imprimerie de M. Petersen.

Une fois devant l'impasse où se trouvait la maison de Paula Nook, j'ai pris le temps d'observer les lieux. Aucun pick-up n'était garé dans la rue. J'étais donc à l'abri des débordements de Héros. Les rideaux étaient tirés, la poubelle avait été déposée sur le trottoir, et bien qu'il fasse grand jour, la lampe suspendue au-dessus de la porte d'entrée était allumée. Selon toute apparence, le Cyclope était sorti.

J'ai grimpé les marches du perron et j'ai frappé à la porte. Comme personne ne répondait, j'ai jeté un coup d'œil à travers la fente de la boîte aux lettres à travers laquelle je n'ai réussi à distinguer qu'un tapis sale et les pieds métalliques de deux chaises de cuisine.

— Marique ! Viens ici, ma belle ! ai-je appelé en collant ma bouche à la fente.

Aucune chienne rasée n'a accouru vers moi.

J'ai recommencé, mais en changeant de nom :

— Ribs ! Viens ici, mon chien !

Aucun chien rasé non plus n'a répondu à mon appel.

Peut-être aurais-je plus de succès du côté du garage ? J'ai couru jusqu'à la porte, j'ai sifflé, appelé, claqué des doigts. Rien. Alors que je m'apprêtais à jeter un coup d'œil dans l'arrière-cour, une voix éraillée provenant de la maison voisine a brisé mon élan.

— Elle l'a emmené avec elle.

J'ai sursauté et j'ai essayé de voir qui me parlait, mais je ne voyais que des fenêtres masquées par des moustiquaires sales.

— C'est une amie à vous ?

Il m'a semblé alors reconnaître la voix d'une femme.

— Je suis… Je suis sa nièce, ai-je répondu avec l'impression de parler aux murs. Elle m'a demandé de venir donner à manger à Ribs ce soir.

Une fenêtre s'est ouverte derrière un grillage.

— Sa nièce ? Paula ne m'a jamais parlé d'une nièce. Il faut dire qu'elle n'est pas très bavarde. Surtout depuis que ce vaurien de Marcus est parti.

J'ai hoché la tête, comme si je connaissais tout ça par cœur. Puis j'ai lancé un nouvel hameçon.

— Ma mère dit que ce Lance ne vaut guère mieux. J'espère qu'elle se trompe.

— Oh ! J'ai bien peur que ta mère ait raison. Son nouveau copain est du même acabit. Et laisse-moi te dire une chose : si son débile de chien pisse encore sur mes roses, il aura affaire à mon vaporisateur. J'ai un de ces nouveaux engins superpuissants, et il est chargé d'ammoniaque. Il est posé dans l'entrée, prêt à servir. J'attends son chien de pied ferme. Oh ! J'entends mon minuteur qui sonne ! s'est-elle brusquement exclamée. Il faut que j'aille voir mes brownies !

Et elle a refermé la fenêtre.

Comme je n'avais pas l'intention de rester là à attendre que la propriétaire de cette voix revienne me faire la conversation, j'ai jeté un coup d'œil par-dessus la clôture du jardin. Marique n'était pas là. Alors que je m'apprêtais à rebrousser chemin, la poubelle de Paula a attiré mon attention. Qui sait si je n'y trouverais pas de précieuses informations à l'intérieur ? Et pourquoi pas des preuves ?

J'ai soulevé le couvercle et j'ai plongé la main à la recherche de poils de chien, de boîtes de pâtée, bref n'importe quoi qui pourrait faire avancer mon enquête. Mais ma main ne rencontrait que des détritus. Des sacs et des sacs de détritus gluants. J'ai continué à fouiller quand même jusqu'à ce que, entre deux bananes pourries et trois canettes de bière, je tombe sur un vieux prospectus dont un bout avait été découpé. J'ai repensé à la demande de rançon que Mme Landvogt avait reçue, et tout à coup j'ai su que j'avais mis la main sur quelque chose d'important. J'ai continué à fouiller, et bientôt je me suis retrouvée avec une poignée de prospectus plus répugnants les uns que les autres, mais tous découpés.

Un grand coup de pied a brusquement renversé la poubelle. Bang ! J'ai levé la tête : elle était là devant moi, aussi imposante qu'un ours, tenant dans une main un moule à gâteau et dans l'autre un vaporisateur, pointé sur moi.

— Tu es sa nièce comme moi je suis le pape ! s'est-elle écriée, la bouche pleine de chocolat. Qu'est-ce qui te prend de fouiller là-dedans ?

Il fallait vite que je trouve un mensonge à peu près crédible.

— Je cherchais un... un morceau de papier pour écrire un mot à ma tante, ai-je balbutié. Je vous assure.

— Tu mens. Je le vois à ton regard.

— Regardez ! me suis-je défendue en lui montrant les prospectus. J'ai trouvé ce que je cherchais : du papier.

Elle a brandi son vaporisateur dans ma direction.

— Donne-moi ça !

— Non ! Je... Je...

— Donne-moi ça !

— Mais, je...

J'ai pivoté sur mes talons et j'ai détalé aussi vite que possible. Mais pas assez vite, apparemment, car un jet d'ammoniaque a réussi à m'atteindre.

— C'est ça, ma fille ! Cours donc ! Et ne remets plus jamais les pieds ici !

J'ai couru à en perdre haleine jusqu'à Main Street, sans m'arrêter. Arrivée au carrefour, j'ai jeté un coup d'œil à mon pantalon tout en attendant que le feu passe au rouge : il était trempé et empestait l'ammoniaque. J'aurais donné n'importe quoi pour me changer, mais le temps pressait. Je n'avais pas le choix. L'appartement de Grand-mère était d'un côté, la maison de Mme Landvogt de l'autre, et il fallait à tout prix que je voie cette demande de rançon.

J'ai donc filé en direction de Jasmine Street. Au bout d'un moment, j'ai cessé de penser aux brownies et à l'ammoniaque, et j'ai réfléchi au cas Landvogt. Pourquoi une telle méchanceté chez cette femme qui avait tout ce dont elle pouvait rêver ?

Puis j'ai repensé à Mme Graybill, à Billy McCabe et à cette vie gâchée par la rancœur. J'étais épuisée, comme si mon cerveau s'enfonçait de nouveau dans des sables mouvants, progressant avec peine d'une idée à une autre.

Lorsque j'ai sonné chez Lilia Landvogt, c'est Tina qui m'a ouvert.

— C'est quoi, cette odeur ? a-t-elle demandé, sitôt la porte refermée.

J'avais l'impression d'être un rat d'égout débarquant dans une réception à la Maison Blanche, mais cela m'était égal.

— De l'ammoniaque.

— De l'ammoniaque ? a-t-elle répété en fronçant le nez. Ça ne sent pas très bon !

— Oui, je sais. Où est ta mère ?

— Elle surveille les cours de la Bourse, a-t-elle répondu tout en me faisant entrer dans l'antre de la bête. Tu veux que je te prête des vêtements ?

— Non, merci. C'est gentil, mais je n'en ai pas pour longtemps.

Le nez du Crocodile était déjà en alerte. Elle m'a dévisagée par-dessus son épaule.

— C'est vous qui dégagez cette odeur pestilentielle ? a-t-elle demandé, avec son amabilité habituelle.

Je me suis approchée.

— Oui, c'est moi. J'ai besoin de voir la demande de rançon.

— Quelle horreur ! s'est-elle exclamée en s'éventant de la main.

— Écoutez. J'ai été aspergée d'ammoniaque en essayant de trouver des indices autour de la maison de Paula Nook.

Je lui ai montré les prospectus avant de reprendre :

— Je veux simplement comparer ces papiers avec la demande de rançon.

Dame Croco a reculé de quelques pas.

— Aspergée à l'ammoniaque ?

— Hum, hum.

— C'est Paula qui a fait ça ?

— Non, sa voisine. Je m'en irai dès que j'aurai vu la lettre.

Elle a saisi le livre noir qui était posé près d'elle et en a retiré la demande de rançon.

Mes espoirs se sont aussitôt évanouis. Les lettres de la demande de rançon n'avaient pas été découpées dans les prospectus. Les caractères d'imprimerie n'étaient pas du tout les mêmes.

— Zut ! ai-je murmuré.

— On dirait qu'elle s'intéressait seulement aux bons de réduction, a suggéré Tina, timidement.

Tout à coup, le Croco a lâché un cri étouffé. On aurait dit qu'on l'étranglait. On a tourné la tête, Tina et moi. Lilia Landvogt était toujours scotchée à la télé.

— Encore un mauvais jour à la Bourse, a soufflé Tina.

— Apporte-moi un autre scotch, Tina, a lancé le Croco, d'un ton sec.

Puis elle m'a regardée et s'est pincé le nez avant d'ajouter :

— Et fais-moi sortir cette chose puante d'ici.

Tina m'a raccompagnée jusqu'à la porte d'entrée.

— Sara, a-t-elle dit, avant de me laisser partir, je suis persuadée qu'elle n'appellera pas les services du logement. À moins que tu ne fasses quelque chose qui la mette vraiment hors d'elle.

— Et si je n'ai pas retrouvé Marique vendredi ?

— Ne lui dis pas que je t'ai dit ça, mais elle paiera, a-t-elle murmuré. Puis, en hochant la tête, elle a ajouté :

— Ça la tuera, mais elle paiera.

— Tout cet argent pour un chien !

Elle a jeté un coup d'œil par-dessus son épaule pour s'assurer que sa mère n'était pas sortie de son antre.

— En ce moment même, elle est en train de voir quelles actions elle peut vendre.

— Tina ! a appelé Mme Landvogt.

La jeune fille a levé les yeux au ciel.

— Je ferais mieux d'aller lui chercher son scotch.

La porte a émis son bip habituel lorsqu'elle l'a ouverte pour me laisser sortir.

— Ne te fais pas trop de soucis. Pourvu qu'elle récupère Marique vivante, et tout ira bien.

Même si je n'y croyais pas tout à fait, les paroles de Tina m'avaient rassurée et je suis repartie, le cœur plus léger. Il fallait que je m'occupe de mon jean, à présent. Et vite. Jamais je ne parviendrais à la Résidence du Soleil couchant entière si je ne le quittais pas. L'arrière de mes jambes ainsi que mes fesses étaient en feu, et j'aurais bientôt la chair à vif. Marissa était ma seule chance. Pourvu qu'elle soit chez elle !

Ma bonne étoile devait me protéger car c'est elle qui a ouvert quand j'ai sonné.

— Qu'est-ce qu'il t'est arrivé ? a-t-elle demandé en jetant un coup d'œil à ma tenue.

— Je me suis fait pincer en train de fouiller dans une poubelle, un ours m'a pourchassée et m'a aspergée d'ammoniaque... La routine, quoi...

Marissa a éclaté de rire.

— C'est possible de prendre une douche ?

Elle a ri à nouveau.

— Bien sûr ! Je vais te chercher des vêtements propres. File vite dans la salle de bains !

Jamais je n'ai pris une douche avec autant de plaisir. Lorsque j'ai retrouvé Marissa, vêtue de propre de la tête aux pieds, elle m'a annoncé qu'elle avait dû jeter mes habits.

— Maman m'a dit qu'ils étaient irrécupérables et que tu pouvais garder ceux-là. Elle veut savoir aussi si tu veux rester dîner.

— D'accord, ai-je répondu.

Bien que Grand-mère m'avait assuré du contraire, j'ai bien senti, quand je l'ai appelée, qu'elle était déçue que je ne rentre pas dîner avec elle. J'aurais dû lui parler de Mme Graybill, je sais, mais je n'en ai tout simplement pas eu le courage. Surtout au téléphone.

Mme McKenze a attendu que je raccroche pour me dire, tout en surveillant la cuisson de son plat :

— J'ai beaucoup pensé à Lilia depuis ta dernière visite. Tu as toujours des ennuis avec elle ?

— Oui, malheureusement.

— J'ai déjeuné avec une amie l'autre jour, et son nom a surgi dans la conversation.

— Et alors ?

Mme McKenze a saupoudré de parmesan les brocolis.

— Elle ne m'a pas dit grand-chose, mais elle m'a laissée entendre que Lilia avait dû prendre une deuxième hypothèque.

— Qu'est-ce que ça veut dire ?

— Qu'elle a de nouveau emprunté de l'argent sur sa maison.

J'ai réfléchi une minute.

— Elle n'est donc pas propriétaire de sa maison ?

— Elle ne l'est plus. Je croyais qu'elle l'avait payée comptant, mais si elle en est à sa seconde hypothèque, cela signifie qu'elle ne possède presque plus rien, a-t-elle déclaré avant d'ajouter, tout en saupoudrant de nouveau le plat de parmesan : j'ai trouvé cette nouvelle intéressante.

Je me suis assise sur un tabouret pour réfléchir à toutes ces informations : au Crocodile dans son antre en train de surveiller ses actions, au fait qu'elle ait pris une deuxième hypothèque sur sa maison, à Tina qui servait de domestique. Mme Landvogt était-elle vraiment prête à payer cinquante mille dollars pour récupérer Marique ? Et pourquoi Tina pensait-elle que sa mère pouvait débourser une telle somme pour un chien ?

Pourtant, plus je réfléchissais, plus il me semblait que Tina avait raison. J'avais l'impression que rien ne comptait autant pour Lilia Landvogt que sa chienne. Ce qui fait qu'elle n'hésiterait pas à payer cinquante mille dollars pour la retrouver.

C'est-à-dire qu'elle n'hésiterait pas si... elle en avait les moyens.

16

Grand-mère a accueilli la nouvelle avec stupéfaction.

— Elle est morte ? Comment est-ce possible ? Elle était encore là il y a une semaine à peine, plus revêche que jamais.

Puis, se laissant tomber comme une chiffe molle sur le canapé, elle a ajouté :

— J'ai appelé la maison de retraite deux fois aujourd'hui, et ils m'ont répondu chaque fois qu'elle dormait. J'aurais dû y aller.

— Ne te sens pas coupable, Grand-mère. Tu ne pouvais pas deviner.

J'ai posé ma tête sur son épaule, et on est restées là un long moment, sans rien dire.

Ce soir-là, on s'est couchées de bonne heure, mais ni l'une ni l'autre n'a très bien dormi. Le lendemain matin, j'étais si fatiguée que j'ai failli demander à Grand-mère la permission de manquer l'école. Mais j'avais encore à faire avec Hazel avant de passer le relais à l'inspecteur Borsch.

Pour la première fois depuis que j'habite ici, je suis sortie avec la sensation de quitter vraiment *ma maison*. Je me suis arrêtée chez le marchand de journaux où j'ai acheté le dernier numéro de *Moto Cross* pour Rudy Folksmeir et j'ai pris le chemin de William Rose.

En entrant en cours, j'ai posé le magazine sur la table de Rudy, puis j'ai filé à ma place. Il n'y avait rien, aujourd'hui, sur la table de Hazel. Quand elle a gagné sa place à son tour et qu'elle a vu qu'aucun cadeau ne l'attendait, elle s'est tournée vers moi et a lâché sur un ton excédé :

— Tu as fini par comprendre ! Il était temps.

Pour toute réponse, je lui ai adressé mon petit sourire sarcastique et j'ai sorti mes affaires.

Jusqu'à présent, mon plan marchait comme sur des roulettes.

Toute la journée, je ne l'ai de nouveau pas quittée d'une semelle. Et quand, à l'heure du déjeuner, je l'ai trouvée cachée derrière le gymnase en compagnie de Kate et de Monette, je me suis assise à côté d'elle.

Hazel s'est levée d'un bond, renversant la barquette de frites qu'elle tenait à la main.

— Mais qu'est-ce que tu veux à la fin ? s'est-elle écriée.

J'ai ramassé une frite et je l'ai mangée lentement en la regardant droit dans les yeux.

Kate s'est levée à son tour.

— Partons, a-t-elle dit.

J'ai alors claqué la langue plusieurs fois de suite.

— Tu sais que tu es complètement folle ! a hurlé Hazel. Je te préviens, si tu me fais du mal... si tu touches à un seul de mes cheveux...

Hazel n'a pas eu le temps de finir sa phrase. Kate et Monette l'ont entraînée dehors tandis que je continuais de faire claquer ma langue.

À la fin de la journée seulement, j'ai décidé d'arrêter. Je ne pouvais pas davantage déstabiliser Hazel. En revanche, je commençais à m'inquiéter au sujet de l'inspecteur Borsch. Accepterait-il de suivre le plan d'attaque que j'avais en tête ? Ce n'était pas le genre d'homme à prendre des risques. Ce qu'il aimait avant tout, c'était réciter le code de la route et distribuer des contraventions, bref, un travail bien tranquille.

La Gitane m'attendait près de la grille de l'école. À sa tête, j'ai tout de suite deviné qu'elle ne m'apportait pas de bonnes nouvelles.

— Sara, il faut que tu me dises la vérité, a-t-elle murmuré en me tirant par la manche. C'est dans ton propre intérêt. As-tu appelé le service de l'hygiène, oui ou non ?

Elle faisait sans doute allusion à l'état de propreté du Palmer's Grill.

— Absolument pas ! me suis-je écriée.

Elle a levé les yeux au ciel.

— Je le savais bien. Je savais que tu ne ferais pas une chose pareille. Écoute-moi. Ils pensent que c'est toi. Toi ou cette Mme Landvogt.

— En tout cas, ce n'est pas moi.

— Je te crois, mais le Palmer's Grill est fermé pour une période indéterminée, et Royce a persuadé Paula que tu étais derrière tout ça, avec la Sorcière friquée.

— Mais pourquoi Mme Landvogt voudrait-elle faire fermer le Palmer's Grill ? Ce n'est pas le genre de restaurant qu'elle doit fréquenter.

— Désolée, a dit la Gitane. Je n'en sais pas plus que toi. Ils ignorent que j'ai surpris leur conversation, mais j'ai pensé qu'il valait mieux t'avertir. Tu as intérêt à les éviter, crois-moi. Ils ont un comportement vraiment louche.

— Comme s'ils en voulaient à quelqu'un ? Ou comme s'ils essayaient de cacher quelque chose ?

Elle a secoué la tête.

— Peut-être bien les deux. Difficile à dire.

— Est-ce qu'ils ont dit quoi que ce soit à propos du chien ?

— Pas le moindre mot, a-t-elle répondu en abaissant son chapeau sur ses yeux. Mais je les ai entendus se chamailler pour une question d'argent. J'ai cru comprendre qu'il avait des dettes.

— Envers elle ?

— Je ne pense pas. Mais Paula a des relations douteuses. À mon avis, elle a dû le mettre en contact avec quelqu'un.

— Des relations douteuses ?

— Pas avec la Mafia, évidemment, mais avec des requins de la finance, ce genre de types. Si Royce est à court d'argent, il a peut-être mordu à l'hameçon. Qui sait ? Ce qui expliquerait pourquoi il est si nerveux, et pourquoi il t'a menacée l'autre jour avec son revolver.

Elle a jeté un coup d'œil par-dessus son épaule comme si elle avait peur d'être suivie et a dit :

— Il faut que je file, maintenant. Tu ne m'as jamais vue, O.K. ? Je n'aime pas jouer les balances, mais j'étais inquiète pour toi.

Elle avait déjà un pied sur la chaussée quand je l'ai rappelée.

— Hé !

Elle s'est retournée.

— Oui ?
— Merci.

Je me suis dirigée vers la Landview Elementary School.

Élisa n'a pas bondi de joie en me voyant. Elle a descendu les marches une à une et a dit :

— Je croyais que tu ne viendrais plus.

Je lui ai tendu la main.

— Tu vois, je suis là.

Elle a poussé un petit soupir et a glissé sa main dans la mienne.

— Je pensais que tu pleurais encore, a-t-elle repris tandis qu'on se mettait en route.

Je me suis arrêtée de marcher et je me suis accroupie pour lui parler.

— Pardonne-moi pour l'autre jour. J'aurais préféré que tu ne me voies pas comme ça.

Son regard était si clair, si franc.

— Elle te manque ? a-t-elle demandé.

— Mme Graybill ?

— Oui, a-t-elle répondu gravement.

Je me suis relevée et j'ai recommencé à marcher. C'était décidé : plus jamais je ne parlerais de choses tristes à Élisa.

— Mme Graybill était la femme la plus grincheuse que j'aie jamais rencontrée, ai-je déclaré en l'épiant du coin de l'œil.

— C'est vrai ?

— Oui. Et elle était extrêmement curieuse. Elle fourrait son nez partout. Son nez était d'ailleurs plus gros que celui d'un... d'un éléphant !

— D'un éléphant ? a-t-elle répété en riant.

— Oui. Et tu sais ce qu'elle faisait ?

— Non.

Une fois lancée, je ne me suis plus arrêtée et je lui ai raconté des tonnes d'histoires sur Mme Graybill. Pour tout dire, ça me faisait beaucoup de bien, à moi aussi. J'en avais presque oublié l'inspecteur Borsch.

— Flûte ! Le commissariat ! me suis-je exclamée après avoir dépassé le centre commercial. Il faut absolument que je voie l'inspecteur Borsch.

— Encore ?

— Il n'était pas là hier. J'en ai pour une minute.

Élisa a levé les yeux vers moi.

— Promis ?

— Promis.

— Bon, d'accord, a-t-elle répondu, avec une petite moue.

On est revenues sur nos pas, et Élisa m'a attendue dehors, comme la veille. Et comme la veille aussi, Mme Dodo se tenait à l'accueil, son nid sur la tête.

— Tiens, te revoilà, a-t-elle dit en me voyant.

— L'inspecteur Borsch est là ?

— Oui. Je vais aller le chercher.

Elle a disparu derrière un pilier et est revenue deux minutes plus tard.

— Il arrive. Il est au téléphone, a-t-elle annoncé.

J'ai jeté un coup d'œil par la fenêtre. Élisa était assise sur le banc.

— Je vais peut-être l'attendre dehors, ai-je dit.

Mme Dodo, qui avait suivi mon regard, s'est penchée pour mieux voir.

— Ce ne serait pas la petite fille de Jim ?

— Jim ?

— Oui... Comment s'appelle-t-elle ? Lisa ?

— Élisa.

— Voilà, Élisa. C'est ça. Quelle tragédie, quand j'y pense...

Il m'a fallu une minute pour réagir.

— Vous voulez dire que le père d'Élisa est... mort ? ai-je demandé avec l'impression d'être la dernière des idiotes.

— Hélas. Une fête qui a mal tourné, dans la banlieue ouest. Une sale histoire... Jim était un homme formidable.

— Ça s'est passé il y a combien de temps ?

— Un an environ. Jamais je n'ai vu autant de monde à un enterrement. On aurait dit que tout le secteur du cimetière était drapé de noir.

Elle a de nouveau regardé par la fenêtre.

— On ne peut jamais savoir quand notre heure viendra...

À cet instant précis, l'inspecteur Borsch est arrivé. J'ai levé les yeux vers lui. Je ne pensais plus du tout aux chats : je pensais à Élisa.

— Je ne savais pas que le père d'Élisa était policier, ai-je murmuré.

— Un excellent policier, a-t-il répondu.

— Vous étiez là-bas quand il s'est fait tuer ?

Il a hoché la tête et a marmonné :

— Et j'y suis retourné pratiquement tous les soirs depuis ce fameux jour.

— Est-ce pour cette raison qu'Élisa fait des fugues ?

— Élisa ? Non, je ne pense pas. Elle a été bien protégée pendant toute cette période. Elle n'a même pas assisté aux funérailles.

— Pourquoi ?

L'inspecteur Borsch a haussé les épaules.

— Elle était trop jeune. Le psychologue du service pensait que ce n'était pas souhaitable.

— Ah bon.

— Changeons de sujet. On m'a dit que tu avais des renseignements à me donner au sujet des chats.

J'ai respiré un grand coup. J'ai bien failli lui dire

de laisser tomber. Soudain, cette histoire de chats me paraissait absurde.

— Alors ? a-t-il insisté.

— Vous me promettez de ne pas rire ?

Il s'est mis à rire et a dit :

— Promis.

Je ne sais pas pourquoi, mais sa réponse m'a amusée et je me suis mise à rire aussi.

— Voilà. Vous voyez cette fille, ai-je dit en lui montrant les polaroïd. Elle s'appelle Hazel Acosta et elle est dans ma classe. Je suis sûre, à quatre-vingt-quinze pour cent, que c'est elle et ses amies qui ont lâché les chats sur le char.

— Tu as des preuves ?

— Malheureusement non. Et vous n'obtiendrez rien d'elle en la cuisinant sous votre petite ampoule de cent watts.

Sa lèvre supérieure s'est légèrement retroussée.

— Quatre-vingt-quinze pour cent, ce n'est pas suffisant.

— Je sais. C'est pour ça que je suis ici. Les autres cinq pour cent, c'est à vous de les trouver.

— Et qu'attends-tu de moi ? m'a-t-il demandé, l'air suspicieux.

Je lui ai raconté quel traitement je faisais subir à Hazel depuis quelques jours, et comment elle frémissait chaque fois qu'elle me voyait. Je lui ai expliqué ensuite ce qu'il aurait à faire, à l'école, le soir de la fête de Noël. Il a hoché la tête d'un air dubitatif.

— Non. C'est ridicule. Ça ne marchera jamais. Ça ne m'étonne pas de toi, d'ailleurs, que tu aies pu inventer un pareil stratagème.

Je savais, bien sûr, que mon idée était un peu farfelue, mais je n'étais pas prête à accepter ses sarcasmes. Aussi, me suis-je dirigée vers la sortie en disant :

— Bon, très bien. Essayez de trouver une meilleure idée. Bonne chance !

Pendant les quelques minutes qu'il m'a fallu pour traverser la pièce et atteindre la sortie, ma température a dû passer de trente-sept à plus de quarante tellement je bouillais de rage. Élisa avait raison : l'inspecteur Borsch n'était qu'un abruti. J'allais le lui dire, et de ce pas.

Mais je n'ai pas pu, car Élisa n'était plus là.

17

J'ai couru le long de Cook Street, je l'ai appelée, j'ai fait demi-tour, j'ai traversé la rue, j'ai demandé aux gens qui attendaient à l'arrêt de bus, je l'ai cherchée sur le parking du centre commercial. Élisa avait disparu.

Est-ce qu'elle en avait eu assez d'attendre et était partie seule à la maison de retraite ? J'essayais de me convaincre que c'était sans doute ce qu'elle avait fait mais au fond de moi, je n'arrivais pas à y croire. Soudain, j'ai repensé à ce que le Dodo et l'inspecteur Borsch m'avaient dit au sujet du père d'Élisa. Il ne m'en a pas fallu davantage pour savoir où elle était.

J'ai tourné à droite au premier carrefour et je me suis élancée dans Stowell Road.

Stowell Road est une rue qui peut faire peur. Je m'explique. Au début de Stowell Road, se trouve une maternité. Un hôpital occupe ensuite deux pâtés de maisons. Il n'est pas peint en noir et n'a rien de particulièrement sinistre, c'est juste un hôpital. Mais le bâtiment suivant est une maison de retraite. En face, il y a un magasin de pompes funèbres et, au carrefour suivant, le cimetière. Bref, on peut passer sa vie sans quitter Stowell Road : on naît à une extrémité et on est enterré à l'autre. Bien entendu, on peut faire un petit détour par l'école, si on veut, mais pour l'essentiel, tout est là, sur une seule rue.

Je ne m'étais jamais aventurée dans le cimetière. J'avais bien regardé les anges de pierre et les statues en passant la tête par-dessus le mur, mais je ne les avais jamais vus de près. J'ai sonné à une petite porte, au coin de la rue. Elle était ouverte.

Le secteur dans lequel je venais d'entrer n'était certainement pas celui dont avait parlé Mme Dodo. Tout y semblait très vieux. Les pierres tombales étaient grandes et paraissaient si lourdes qu'on pouvait les imaginer s'enfoncer dans la terre à la première grosse pluie. Quant au sol, il était recouvert d'une couche de mousse qui collait aux semelles de mes chaussures.

J'ai regardé derrière moi : est-ce que c'était la trace de mes pas que je voyais ou quelqu'un me suivait-il ? J'ai réprimé un frisson et j'ai continué à avancer. Arrivée à l'intersection de deux allées, je me suis arrêtée en me demandant de quel côté me diriger. Je m'apprêtais à opter pour l'allée de droite quand j'ai entendu une voix dans mon dos qui disait :

— Vous m'avez l'air perdue, jeune demoiselle. Vous cherchez un nom précis ?

La peur m'a figée sur place. Était-ce une créature surgie d'outre-tombe qui me parlait ? La nuit n'était pas encore tombée, mais avec les cyprès qui formaient comme une arche au-dessus de l'allée, il faisait presque noir.

Je me suis retournée lentement et je l'ai vu, appuyé contre un arbre, une faux à la main. Ses vêtements étaient sales et poussiéreux. Il s'est approché en boitillant.

— Si vous cherchez une connaissance, je peux vous aider, a-t-il dit en fauchant quelques mauvaises herbes sur une tombe. Mais si vous cherchez simplement un raccourci pour rentrer chez vous, alors il vaut mieux que vous ressortiez par où vous êtes entrée.

— Je ne cherche pas de raccourci, monsieur. Je... je suis ici pour trouver...

— Qui donc ?

J'ai fermé les yeux, et j'ai pris une grande inspiration.

— Je cherche la tombe de Jim Keltner. C'est un policier. Il est mort il y a un an environ.

L'homme a souri.

— Dans ce cas, je peux vous aider, a-t-il répondu en posant la faux contre un ange en ciment. Vous êtes de la famille de Lyssie, peut-être ?

— Vous voulez parler d'Élisa ? Non, je suis... je suis son amie.

— Son amie ? a-t-il répété. Bien. Très bien.

Il m'a fait signe de le suivre. On a quitté ce qui ressemblait à un jardin abandonné avec des pierres tombales à demi effondrées pour un lieu ensoleillé, aux allées rectilignes, sans arbres, et où les tombes étaient couvertes de dalles parfaitement plates.

Soudain j'ai aperçu, de l'autre côté de la pelouse, mon petit elfe fugueur.

J'ai aussitôt accéléré l'allure, mais le vieillard a continué à boitiller à mes côtés.

Élisa était assise par terre, en tailleur, au pied d'une tombe et ramassait des brins d'herbe qu'elle déposait un par un sur la dalle. En nous entendant approcher, elle a levé les yeux.

— Bonjour, Mike. Salut, Sara, a-t-elle dit, comme si de rien n'était.

— Comment ça va aujourd'hui, Lyssie ? s'est enquis le vieil homme.

La fillette a haussé les épaules et a arraché un autre brin d'herbe.

— Bon. Tu as de la compagnie, alors je ferais mieux de m'en aller.

Élisa lui a fait un signe de la main et on l'a regardé s'éloigner en clopinant. Puis elle s'est remise à arracher l'herbe.

— Il est gentil, Mike, a-t-elle déclaré.

Je me suis assise à côté d'elle et je l'ai observée un moment. Elle n'avait pas l'air particulièrement triste. Elle était simplement concentrée sur sa tâche, qui consistait à arracher des brins d'herbe.

— C'est donc ici que tu viens ? ai-je enfin dit.

— En général.

Un bruit de moteur s'est fait entendre au loin.

— Même quand il fait nuit ?

— Parfois. Mais la plupart du temps, je repars dès que la nuit tombe.

Elle a jeté un coup d'œil par-dessus son épaule. Un jardinier poussait sa tondeuse à gazon dans notre direction.

— Ils tondent l'herbe même sur les tombes ? ai-je demandé.

Élisa a hoché la tête.

— Mike dit que c'est pour ça qu'on ne peut plus

mettre de statues. Et qu'on ne peut pas planter de fleurs non plus. Je n'aime pas ça, a-t-elle dit d'un air morose.

Moi non plus, je n'aime pas ça, ai-je pensé.

On est restées à observer en silence le jardinier.

Quand le jardinier s'est éloigné, j'ai regardé Élisa et je lui ai demandé :

— Pourquoi tu caches à ta maman que tu viens ici ?

Elle a recommencé à mettre ses brins d'herbe sur la tombe.

— Elle ne sait pas que je sais.

— Qu'il... qu'il est ici ?

Elle a acquiescé, puis a tourné ses yeux vers moi.

— Elle veut que je croie qu'il est au ciel.

— Mais je suis sûre qu'il...

— Hier, tu as dit que tu ne savais pas où était Mme Graybill ! m'a-t-elle coupée. Tu as dit que personne ne savait !

J'ai fermé les yeux. Comment allais-je m'en sortir ?

— Eh bien, c'est-à-dire que...

— Et quand j'ai demandé à Hudson où se trouvait le paradis, il m'a montré la Lune et les étoiles. Mais il a appelé ça les cieux, et il m'a dit qu'ils ne s'arrêtaient jamais !

— Hudson a sans doute voulu t'expliquer l'univers. Il...

— Mme Ugalde m'a dit que les anges étaient venus le chercher. Mais Shane, il dit que les anges n'existent pas. Pourquoi Mme Ugalde m'a juré alors qu'ils existaient ! Elle m'a raconté qu'ils étaient très beaux et très gentils et que papa n'avait plus rien à craindre avec eux. Alors, je regarde le ciel. Je regarde et j'attends. Ça fait longtemps que j'attends, mais je n'en ai pas encore vu un seul.

Elle a marqué une pause puis m'a demandé, d'une petite voix :

— Tu en as vu, toi ?

J'ai plongé mon regard dans ses grands yeux couleur noisette. J'ai secoué la tête de gauche à droite. J'avais une boule dans la gorge. Peut-être que si je plaisantais, elle partirait ?

— Mais je n'ai jamais vraiment bien regardé, ai-je dit en m'efforçant de rire.

La boule n'a pas bougé dans ma gorge et Élisa n'a pas trouvé ça drôle.

— Où est-il, alors ? a-t-elle demandé en désignant le ciel. Est-ce qu'il est là-haut, avec les anges ? Ou bien, ici ?

J'ai baissé les yeux, comme elle, vers la tombe. Et c'est alors que j'ai remarqué qu'elle avait formé les lettres du mot PAPA avec ses brins d'herbe.

— Où est-il ? a-t-elle répété.

Je ne savais pas quoi lui répondre. La boule dans ma gorge m'empêchait de parler. Et puis, avant que je comprenne d'où me venait ce geste, j'ai tendu la main, j'ai touché sa poitrine, et j'ai dit :

— Il est là.

Élisa a froncé les sourcils.

— Il est là, Élisa, dans ton cœur, ai-je répété. Il est là pour toujours.

De petites larmes ont alors jailli de ses yeux, une par une. Puis, tout à coup, elles se sont mises à ruisseler le long de ses joues et elle a enfoui sa tête dans mon sweat-shirt. Je l'ai serrée très fort contre moi. Et, tout en pleurant à mon tour, j'ai regardé le ciel. La Lune commençait à briller dans la nuit. On aurait dit la lumière lointaine d'un projecteur qui nous envoyait un rayon d'espoir.

Qui sait ? Élisa n'éprouverait-elle plus désormais le besoin de jouer au petit elfe fugueur ?

18

Élisa venait de se coucher quand j'ai pris congé de Mme Keltner.

— Je ne sais comment te remercier, a-t-elle dit en me serrant dans ses bras.

J'ai haussé les épaules et j'ai poussé du pied un petit caillou pour cacher mon embarras. Cela devait faire un milliard de fois au moins que Mme Keltner me remerciait. Personnellement, je n'avais pas vraiment l'impression d'avoir réalisé un exploit. Tout à coup, une idée m'a traversé l'esprit. J'ai jeté un coup d'œil à l'intérieur de la maison pour m'assurer qu'Élisa n'était pas sortie de sa chambre et j'ai dit :

— Achetez-lui un chien de berger.

— Un chien de berger ? a répété Mme Keltner.

J'ai hoché la tête en souriant.

— Ma vie est suffisamment compliquée comme ça, tu sais.

— Vous pourriez le lui offrir à Noël, ai-je insisté.

— Mais que veux-tu que je fasse d'un chien de berger ? a soupiré Mme Keltner.

J'ai recommencé à jouer avec le caillou.

— Ça rendrait Élisa tellement heureuse ! En plus, je suis sûre qu'elle se dépêcherait de rentrer à la maison après l'école.

Mme Keltner a froncé les sourcils, le regard perdu dans le lointain.

— Un chien de berger, dis-tu...

— Si vous achetez un jeune chiot, elle pourra le dresser et...

De toute évidence, elle ne m'écoutait plus.

— Un chien de berger, a-t-elle répété.

Son visage s'est brusquement illuminé et j'ai cru qu'elle allait me sauter au cou.

— Mais oui ! Bien sûr ! Tu as tout à fait raison ! s'est-elle écriée gaiement. Grâce à toi, nous allons pouvoir passer un merveilleux Noël !

Elle m'a embrassée sur les deux joues et a tourné les talons en continuant de répéter à voix haute :

— Un chien de berger ! Un chien de berger !

J'étais encore sur le perron quand la lumière du

porche s'est éteinte. À travers les rideaux du salon des Keltner, les guirlandes du sapin de Noël scintillaient. C'était si beau que je suis restée un petit moment à les regarder.

Lorsque je me suis enfin décidée à partir, je n'ai même pas cherché à savoir pourquoi mes pas me portaient dans cette direction et je suis allée tout naturellement chez Hudson.

Fidèle au poste, il était assis sous sa véranda, les pieds posés sur la rambarde et une tasse de chocolat chaud à la main.

— Eh bien, te voilà ! a-t-il lancé en me voyant pousser la grille de son jardin. Tu as le temps de boire un chocolat ?

Je me suis assise près de lui.

— Avec plaisir.

Il est allé chercher une tasse et m'a servi généreusement.

— Rita m'a appris que ta mère était de retour, a-t-il déclaré en se rasseyant.

J'ai aussitôt frémi. J'avais complètement oublié.

— Oui, c'est exact...

Hudson m'a observée du coin de l'œil.

— Je me doutais que ça ne te mettrait pas en joie.

— Hum, hum, ai-je fait avec un soupir.

Il a levé les yeux vers le ciel étoilé.

— Cela fait partie de ces moments difficiles qu'on

doit traverser dans la vie, qu'on le veuille ou non. Soit on décide de contourner le rocher, soit on choisit de l'escalader. De toute manière, il faut parvenir de l'autre côté.

En temps normal, j'aurais argumenté. J'aurais au moins dit que je n'avais pas envie d'aller de l'autre côté du rocher. Mais je ne sais trop pourquoi, je me suis tue.

— Et Mme Graybill, au fait ? a-t-il repris. Comment va-t-elle ?

J'ai avalé ma salive avant de répondre d'une voix blanche :

— Elle est morte.

Hudson a failli s'étrangler.

— Mon Dieu ! C'est vrai ?

J'ai hoché la tête, puis je lui ai raconté aussi calmement que possible toute l'histoire : comment elle avait répété mon nom du matin au soir, puis m'avait suppliée de lui pardonner, et comment tout à coup elle avait cessé de respirer pour toujours.

— Je n'aurais jamais cru qu'un jour je pleurerais en pensant à Mme Graybill, ai-je murmuré.

— Ce qui veut dire que tu as pleuré ?

J'ai hoché à nouveau la tête et je lui ai expliqué que j'avais eu l'impression qu'on m'arrachait le cœur quand j'avais compris qu'elle était morte. Et tout naturellement, j'en suis venue à lui parler d'Élisa et de notre conversation au cimetière.

— Pauvre petite ! a dit Hudson dans un petit sifflement. Je suis vraiment navré d'avoir jeté la confusion dans son esprit. Je ne me souviens même pas qu'elle m'ait questionné sur le paradis.

Il avait le visage tourné vers le ciel.

— Tu crois que le paradis existe, Hudson ? ai-je demandé.

— Je pense que ta question signifie : Est-ce que la fin de la vie est un point final ou bien est-ce simplement une sorte de coma, non ? a-t-il dit en se tournant vers moi. Je ne connais pas la réponse, Sara, mais je sais en revanche qu'il faut croire en quelque chose qui nous apporte du réconfort. Ce que tu as dit à la petite Élisa aujourd'hui est la pure vérité, et c'est cela qui compte. Quant au reste, garde l'esprit ouvert. Tu t'apercevras au fil du temps, qu'on trouve des réponses différentes à ces questions-là.

— Je ferais mieux de rentrer. Il est tard.

Alors que je descendais les marches de la véranda, le découragement s'est brusquement abattu sur moi : la dernière soirée qu'il me restait pour retrouver Marique venait de s'achever.

Si le Crocodile se décidait à appeler les services du logement de la mairie, la seule solution pour que Grand-mère ne soit pas expulsée de son appartement, c'était que je n'y habite plus.

— Accepterais-tu de me laisser dormir sur ton canapé pendant une semaine ou deux ? ai-je demandé tout à coup à Hudson.

— Tu sais que tu es toujours la bienvenue, a-t-il répondu.

Puis, après m'avoir regardée par-dessus sa tasse de chocolat, il a ajouté :

— Dis-toi bien, cependant, que si tu es décidée à te battre contre le courant, tu dois au moins essayer d'éviter les rochers. Ton navire tiendra le coup plus longtemps.

Hudson n'avait pas du tout compris ma question ! Il pensait que je faisais allusion à l'arrivée de ma mère.

— D'accord. Je vais suivre ton conseil ! ai-je lancé en me dirigeant vers la grille.

Au moment où je la poussais, une horrible pensée m'est venue à l'esprit.

— Tu crois que je dois lui acheter un cadeau ?

Hudson a éclaté de rire.

— Un cadeau qui ne vient pas du cœur n'est pas un vrai cadeau, Sara.

— Ce qui veut dire que je ne suis pas obligée de lui en faire un ?

— C'est à toi de décider !

Et c'est l'esprit préoccupé par cette histoire de cadeaux que je me suis mise en route pour la Résidence du Soleil couchant. Dire que Grand-mère, qui était la seule à qui j'avais vraiment envie d'offrir quelque chose à Noël, risquait de recevoir de ma part un avis d'expulsion ! En même temps, ce serait sans doute rigolo de vivre en cachette chez Hudson. À cette idée, je me suis sentie beaucoup plus légère. Au bout de quelques minutes, j'avais même l'impression de flotter.

Je me suis assise au bord du trottoir, avec la sensation d'être un petit nuage qui file au gré du vent, tandis que dans ma tête, l'orage tonnait dans tous les sens. J'ai attendu qu'il passe, et quand le calme est enfin revenu, la lumière s'est faite et j'ai entrevu une solution presque satisfaisante à mon problème.

Je me suis levée d'un bond, et je me suis élancée à toutes jambes jusqu'au salon de toilettage. Arrivée devant la boutique, j'ai appuyé sur la sonnette pendant plusieurs secondes, au risque de la faire exploser.

Vera a ouvert la porte en grand quand elle m'a reconnue.

— Que se passe-t-il ?

— Est-ce que vous avez fait développer les photos du défilé ?

— Euh... oui, a-t-elle répondu en haussant les sourcils. Elles sont là, dans la cuisine.

Je les ai sorties de leur pochette en tremblant.

— Vous les avez prises du centre commercial ou de l'autre côté de la rue ?

— De l'autre côté de la rue.

— Où étiez-vous exactement ?

— Juste après chez Cook.

Mon cœur battait à tout rompre.

— Parfait.

— Que se passe-t-il ? a murmuré Vera.

— Je crois savoir qui a kidnappé Marique.

— C'est vrai ?

J'ai fini de vérifier chaque photo, puis j'ai recommencé, mais beaucoup plus lentement.

— Est-ce qu'elles sont dans l'ordre ?

— Je pense, oui, a répondu Vera.

Je me suis penchée sur une photo en particulier et je l'ai regardée attentivement.

— Vous avez une loupe ?

— Oui, je te l'apporte tout de suite.

Vera est revenue une minute plus tard et m'a tendu l'engin. J'ai examiné la photo.

Je ne m'étais pas trompée.

19

J'ai dû parlementer un peu pour convaincre Vera de laisser Holly venir avec moi. Elle a finalement accepté, mais à deux conditions : que Marissa nous accompagne et qu'on lui promette de ne pas pénétrer dans la maison.

En chemin, on a discuté, Holly et moi, pour savoir ce qu'on allait faire et comment on allait s'y prendre. Résultat, quand on est arrivées chez Marissa, je savais déjà que je serais incapable de respecter une des deux conditions.

Marissa a sauté à pieds joints lorsqu'on l'a mise au courant mais quand j'ai annoncé que je devais entrer dans la maison, Holly s'y est aussitôt opposée.

— Sara, on a promis à Vera !

— Vous n'êtes pas obligées de m'accompagner, mais il faut absolument que je récupère quelque chose qui se trouve à l'intérieur. Sinon, le problème ne sera jamais réglé.

Je leur ai expliqué mon plan puis j'ai emprunté à Marissa sa minilampe de poche et on s'est enfin mises en route.

Direction : la maison de Mme Landvogt.

Tandis que j'escaladais la barrière à l'arrière de la propriété, Marissa et Holly se sont dirigées vers le perron.

À vrai dire, j'aurais pu me débrouiller toute seule, mais j'avais besoin de mes amies pour attirer l'attention sur la porte principale, tandis que j'entrerais par la porte de derrière.

J'ai grimpé les marches sur la pointe des pieds et j'ai poussé doucement le battant de l'ouverture pratiquée en bas de la porte pour laisser passer Marique. Aucune alarme ne s'est déclenchée. J'ai dressé l'oreille et attendu que retentisse la sonnette de la porte principale puis le bip de l'alarme. Ensuite j'ai glissé la tête et un bras par l'ouverture et je me suis hissée aussi haut que possible. Le verrou était à deux centimètres environ au-dessus de ma main.

J'avais l'impression que l'encadrement du battant

allait me scier les côtes. J'ai serré les dents, j'ai tendu le bras et j'ai réussi à pousser le verrou.

Me dégager de cette minuscule ouverture m'a presque fait aussi mal que si l'on m'avait retiré une épée plantée dans le corps. Mais j'ai surmonté la douleur et je me suis préparée pour la deuxième partie de mon plan. J'ai posé une main sur la poignée de la porte et j'ai attendu.

Dès que la porte principale se refermerait, je savais que je n'avais qu'une fraction de seconde pour agir. Et même si tout se déroulait à la perfection, il n'était pas dit qu'une fois dans la maison, je passerais inaperçue. J'ai donc guetté l'instant précis où a retenti l'alarme pour ouvrir la porte, de sorte que mon bip se confonde avec l'autre bip.

Il m'était à présent impossible de refermer la porte que je venais d'ouvrir : le bip qui retentirait révélerait aussitôt ma présence. J'ai donc allumé la lampe de poche et j'ai traversé l'office sur la pointe des pieds. Le panneau électrique clignotait dans l'obscurité. J'ai mis l'interrupteur en position « désactivé », puis je suis retournée sur mes pas pour fermer la porte. Aucun signal d'alarme ne s'est fait entendre.

Ma lampe de poche à la main, je me suis aventurée sans bruit dans la cuisine. J'avais l'impression de pénétrer dans une raffinerie de pétrole en tenant une allumette. Tout à coup, j'ai perçu le ronronnement d'un crocodile à roulettes.

J'ai immédiatement éteint ma lampe, je me suis accroupie et je me suis cachée derrière une chaise. Tout à coup, la cuisine s'est éclairée. Le Croco est entré. Mon cœur battait si fort que j'ai cru qu'il allait s'arrêter, mais mes pieds n'ont pas bougé d'un pouce, comme cimentés au sol.

Mme Landvogt a fait rouler son fauteuil jusqu'à l'autre bout de la pièce, elle a pris un verre, et... elle s'est levée. Je n'en revenais pas ! En l'espace d'une seconde, je l'ai vue quitter sa chaise roulante et se mettre à gambader. Croyez-moi, voir un crocodile avancer debout sur ses pattes de derrière est un spectacle assez terrifiant.

De l'endroit où je me tenais, elle avait l'air de mesurer deux mètres de haut. Elle s'est dirigée vers un placard dont elle a sorti un paquet de bretzels, puis elle a marché jusqu'au réfrigérateur pour y prendre une bouteille d'eau minérale. Et tandis qu'elle attrapait un bol pour y mettre ses biscuits salés, j'ai aperçu, posé sur la chaise roulante, son gros livre noir.

Très franchement, je ne suis pas du genre casse-cou. Le problème, c'est que parfois une partie de mon cerveau me pousse à agir de façon irréfléchie. Il me faut alors tout ce qui me reste de volonté pour m'empêcher de commettre l'irréparable. J'étais donc en train d'essayer de me convaincre de ne pas me précipiter sur le fauteuil roulant quand le téléphone a sonné. Ce coup de fil ne pouvait pas mieux tomber. Dame Croco s'était dirigée vers le téléphone, abandonnant sa chaise et le gros livre noir posé dessus.

— Oui ? a-t-elle fait en décrochant le combiné.

Elle est restée silencieuse pendant plusieurs secondes puis, quand je l'ai vue me tourner le dos. Je suis sortie de ma cachette.

— Et pourquoi ai-je été rayée de la liste ? Cela ne tient pas debout ! a dit le Croco. Je suis invitée au bal de Noël tous les ans depuis dix ans ! Je faisais même partie du Comité d'organisation l'an dernier. Essaie de savoir pourquoi.

Je m'efforçais d'avancer le plus lentement possible pour qu'elle ne m'aperçoive pas du coin de l'œil, mais lorsque je l'ai entendue s'écrier : « Quoi ? Nora a dit ça ? Nora Hallenback ? », j'ai stoppé net. Je crois bien que si je n'avais pas eu aussi peur, j'aurais souri. L'Empire Landvogt était en train de s'effondrer. Il ne me manquait plus que ce maudit livre !

J'ai parcouru à quatre pattes la distance qui me séparait du fauteuil roulant, et soudain, le livre s'est retrouvé dans ma main. Je tenais enfin mon billet de sortie de l'île du Crocodile, mon guide de voyage vers l'indépendance, mon chantage antichantage !

À quelques mètres de moi, le Croco venait d'ouvrir sa bouteille d'eau. Si elle tournait la tête, j'étais fichue. J'ai continué à avancer, tête baissée, jusqu'à un couloir.

Puis j'ai entendu le Croco raccrocher d'un geste sec et je me suis retrouvée toute seule dans le noir.

Peu à peu, mes yeux se sont accoutumés à l'obscurité, et certains détails m'ont sauté aux yeux. La moquette, par exemple. Elle n'était pas en laine douce et épaisse, mais mince et dur, de qualité presque industrielle. Quant aux portes, elles n'étaient pas ornées de moulures en bois comme dans le reste de la maison, mais simplement peintes. Enfin, l'absence de lustre m'a fait comprendre que je me trouvais dans l'aile réservée aux domestiques.

Je m'apprêtais à fuir cet endroit avec la bible du maître chanteur sous le bras lorsque je me suis souvenue que Tina habitait dans cette partie de la maison. Sa chambre devait être là.

J'ai ouvert toutes les portes les unes après les autres. Chaque fois, elles donnaient sur une pièce glacée, vide ou bien au contraire encombrée de vieux meubles ou de vieux tapis.

Lorsque j'ai poussé la dernière porte, j'ai tout de suite su que c'était la chambre de Tina. J'ai reconnu sa veste rouge posée sur le lit.

J'ai aussitôt scruté les lieux à l'aide de ma lampe de poche. Le lit était à peine plus large qu'un lit de camp. Une chaise longue en mauvais état était coincée entre le mur et un bureau dont les deux tiroirs contenaient des crayons, des stylos et quelques vieux magazines. En regardant les murs nus qui m'entouraient, j'ai pensé que cette chambre à coucher avait tout l'air d'une cellule de prison.

J'ai fouillé dans la penderie. Les vêtements qui y étaient suspendus ne correspondaient pas du tout à ce qu'on aurait pu s'attendre à trouver dans l'armoire d'une jeune fille riche. J'ai regardé ensuite sous l'oreiller et sous le matelas, mais sans succès. Plus je fouillais, plus je paniquais. En effet, si la photo prise par Vera m'avait convaincue, elle ne réussirait pas forcément à convaincre quelqu'un d'autre. Surtout si la personne en question était peu disposée à se laisser convaincre.

J'ai donc poursuivi mes recherches, et tout à coup j'ai pensé à regarder dans la veste de Tina. Je l'ai attrapée et j'ai glissé ma main dans une des poches. Il y avait un petit magnétophone à l'intérieur. Je l'ai sorti et je l'ai posé sur le lit avant de reprendre mon inspection. Je sentais un bout de papier à travers le tissu, mais je n'arrivais pas à déterminer dans quelle poche il se trouvait. Au moment même où je réussissais enfin à mettre la main dessus, j'ai entendu une voix crier :

— J'ai oublié ma veste !

Je me suis emparée du papier, j'ai jeté la veste sur le lit, j'ai ramassé le livre noir et le magnétophone et je me suis cachée dans la penderie. Une seconde plus tard, Tina entrait. Elle a attrapé sa veste et est repartie aussitôt.

Une fois le calme revenu, j'ai allumé ma lampe torche et j'ai vu que le papier que je tenais entre mes mains était un reçu. Un reçu provenant d'un chenil. Je l'ai immédiatement fourré dans la poche de mon sweat-shirt avec la photo de Vera, et j'ai jeté un coup d'œil au magnétophone. J'ai appuyé sur « Rewind » puis sur « Play ». Après avoir entendu quelques grésillements, le cri de « Maaaariiiique ! Maaaariiiique ! » a résonné dans toute la penderie. J'ai aussitôt appuyé sur « Stop », et j'ai rangé le magnétophone dans la même poche que le reçu et la photo.

Il me restait encore à découvrir le contenu de la bible du Croco. J'ai donc ouvert le livre noir. Ce que j'ai lu m'a stupéfaite. On aurait dit un fichier du FBI. On y trouvait, pour chaque personne répertoriée, son nom, son numéro de sécurité sociale, son adresse, son numéro de téléphone, les coordonnées de sa banque, son nom de jeune fille, le nom de jeune fille de sa mère, etc. Sans compter des pages entières de notes consistant essentiellement en commérages d'une grande méchanceté.

J'aurais dû refermer le livre et me sauver, mais j'avais l'impression d'être en possession de la bible du diable. Impossible de m'arrêter. Je découvrais, au fil des pages, toutes sortes d'horreurs sur M. Hibbs, le Maire de la ville, sur le responsable des écoles, le chef de la police...

Je ne sais pas comment elle s'y était prise, mais Mme Landvogt avait réussi à rassembler des informations compromettantes sur toutes les personnalités de Santa Marina. J'ai refermé le livre en souriant. Moi aussi, j'avais de quoi la menacer avec ce que je tenais entre les mains.

Je m'apprêtais à sortir de la penderie lorsque Tina a fait irruption dans la chambre et a allumé la lumière.

Je me suis aussitôt plaquée contre le mur du fond et je l'ai vue, par la porte restée légèrement entrouverte, regarder sous son lit. Quand elle s'est relevée et a secoué sa couverture, j'ai retenu mon souffle en essayant de me faire la plus petite possible. J'aurais bien aimé me cacher derrière quelque chose, mais il y avait si peu de vêtements dans cette penderie que c'était impossible. Autant essayer de se cacher derrière une minijupe. Alors que j'essayais de me dissimuler derrière un pull accroché à un porte-manteaux, le Croco est entrée à son tour dans la chambre, assise sur son fauteuil.

— Maman ! s'est écriée Tina, surprise. Qu'est-ce que tu fais là ?

Le Croco l'a observée pendant une seconde.

— Je croyais t'avoir entendue dire que tu sortais.

— Je suis sortie, mais je suis revenue parce que... parce que j'avais perdu quelque chose.

— Tu as perdu quelque chose ?

— Mon... mon porte-monnaie. Je suis sûre que je l'avais laissé dans ma veste.

J'ai vu les yeux du Crocodile se plisser.

— Ne me mens pas, Christina.

— Je ne mens pas ! s'est défendue la jeune fille en ouvrant les tiroirs du bureau.

— J'ai toujours su lire dans tes pensées comme dans un livre, Christina. Tu mens.

— Je ne te mens jamais, maman ! Je mens souvent à ta demande, mais je ne te mens jamais à toi.

— Si tu es sortie, puis rentrée dans la maison, comment se fait-il que je n'aie pas entendu l'alarme ?

Tina s'est aussitôt retournée vers sa mère.

— Tu as raison..., a-t-elle murmuré. Moi non plus, je n'ai rien entendu.

Elle est sortie de la pièce comme une fusée. Deux secondes plus tard, elle était de retour.

— L'alarme est éteinte !

— Qui a fait ça ? a demandé le Croco.

— Je n'en sais rien !

— Elle ne s'est pourtant pas éteinte toute seule.

Tina a vérifié le contenu des poches de sa veste une nouvelle fois.

— Est-ce que tu as laissé entrer quelqu'un pendant mon absence ?

Le Croco a froncé les sourcils et a répondu :

— Cette fille qui habite de l'autre côté de la rue a sonné tout à l'heure pour me supplier d'accorder un délai supplémentaire à Sara. Elle a insisté lourdement, et est restée un certain temps, mais je ne l'ai pas fait entrer dans la maison.

Tina a cessé de fouiller ses poches.

— Tu veux parler de la copine de Sara ? a-t-elle dit en s'asseyant sur le lit, le visage brusquement blême.

Elle a levé les yeux vers sa mère et a ajouté :

— Sara sait comment fonctionne l'alarme.

— Peux-tu m'expliquer comment diable est-elle au courant ?

— Je lui ai demandé un jour de m'aider à la cuisine et... Je suis sûre qu'elle est ici, a-t-elle déclaré en se relevant. Elle est quelque part dans la maison.

— C'est absurde ! Comment aurait-elle pu entrer sans que je m'en aperçoive ?

— Je ne sais pas, mais je crois que tu devrais retourner dans ta chambre.

— Quoi ? Je n'ai pas peur d'une enfant de treize ans ! Tu dis que cette fille a réussi à pénétrer dans la maison. Et alors ? Tina, qu'est-ce qui te rend aussi nerveuse ?

— Crois-moi, maman. Il vaut mieux que je t'aide à remonter dans ta chambre.

Mon cœur battait à tout rompre. J'étais prise au piège. Comme un coucou dans une horloge, la grande aiguille pointée sur moi. Il ne me restait qu'une chose à faire.

— Coucou !

20

J'ai glissé la bible du Croco dans la ceinture de mon jean, et j'ai rabattu mon sweat-shirt par-dessus. Puis j'ai ouvert la porte de la penderie et suis sortie les deux mains en l'air.

Tina a failli s'évanouir en me voyant, mais le Croco n'a pas frémi.

— Qu'est-ce que ça signifie ? Comment avez-vous osé vous introduire dans ma maison ?

— Vous vouliez que je retrouve Marique ? Eh bien, je l'ai retrouvée.

— Quoi ? Où est-elle ?

Je lui ai tendu le reçu.

— Au chenil Wag'n Whisker de Santa Luisa.

Elle a examiné le reçu, puis me l'a rendu.

— Ceci est un reçu pour un chien appelé Bubbles !

— Je parie que le dénommé Bubbles est un loulou de Poméranie rasé depuis peu. N'est-ce pas, Tina ? ai-je ajouté en me tournant vers la jeune fille.

Elle m'a arraché le papier des mains.

— Tu te mêles de ce qui ne te regarde pas. Bubbles est le chien de la grand-mère de Buddy. Elle est allée rendre visite à sa sœur pour les fêtes de Noël et nous a demandé de placer son chien dans ce chenil.

Le Croco a plissé les yeux.

— Dis-moi, Tina, ce reçu est à toi ?

— Oui, tout à fait. Et je ne sais pas ce qu'elle insinue en disant que...

J'ai appuyé sur la touche « Play » du magnétophone et les cris « Maaaariiiique ! Maaaariiiique ! » ont retenti aussitôt dans la pièce.

— Mais c'est ma voix, a murmuré Dame Croco, médusée.

— Parfaitement. Tina a utilisé ce magnétophone lors du défilé. Marique a entendu votre voix et elle a sauté du char.

Tina a secoué la tête.

— N'importe quoi ! Cette histoire est absurde !

Je l'ai regardée droit dans les yeux.

— Ce qui m'empêchait de tirer cette affaire au clair, c'est que tu étais ici lorsque la demande de rançon est arrivée, et aussi lorsque le colis rempli de poils est arrivé.

— Tu vois, maman ! elle vient elle-même de donner la preuve que toute sa théorie ne tient pas debout !

— Et puis, je me suis souvenue que lors des deux livraisons, tu avais auparavant fait clignoter la guirlande du sapin. En fait, c'était le signal convenu pour que Buddy accomplisse sa mission.

Le visage de Mme Landvogt avait pris une couleur verdâtre. Plutôt étonnante, même chez un crocodile.

— C'est donc toi qui as fait ça ? Avec Buddy ?

— Ne l'écoute pas, maman ! Jamais je ne pourrais...

— Et puis, l'ai-je coupée, je me suis souvenue que lors de ma première visite ici, tu t'es adressée à Marissa en pensant que c'était elle, Sara Kay.

— Et alors ?

— Alors, si tu n'avais pas mobilisé toute ton attention, pendant le défilé, à la façon dont tu allais t'emparer de Marique, tu aurais su que Sara Kay, c'est moi.

— Comme si je devais me souvenir de toutes les gamines de douze ans que je rencontre ! En plus, j'ai filmé le défilé. Ce qui prouve bien que ce n'est pas moi la coupable !

Je l'ai fusillée du regard.

— J'ai treize ans et non douze, ai-je corrigé en tendant la photo prise par Vera à Mme Landvogt.

— Tenez. Prenez une loupe et vous verrez que c'est Buddy, et non Tina, qui tient la caméra vidéo.

Elle a à peine posé les yeux sur la photo.

— Je n'ai pas besoin de loupe. Je reconnais son blouson, a-t-elle dit d'une voix rauque, presque fatiguée. Comment as-tu pu me faire ça à moi, toi ma fille ? a-t-elle demandé à Tina.

Comprenant qu'il était inutile de continuer à nier, Tina a alors donné libre cours à sa rage.

— Ta fille ? s'est-elle exclamée. Je ne suis pas ta fille, je suis ton esclave ! La seule raison pour laquelle tu me gardes près de toi, c'est pour que je fasse tes quatre volontés. Tu ne t'intéresses pas à moi, tu ne me parles même pas. Tu te moques de savoir comment je vais, ce que je pense, ni à quel point tu me fais souffrir !

— À quel point je te fais souffrir ? a répété Mme Landvogt. Et toi, qu'as-tu fait ? Du chantage à ta propre mère !

Tina a ricané.

— Telle mère, telle fille. J'ai appliqué les leçons du maître. Tu n'es pas contente ? En bien, tu n'as qu'à appeler le service de l'immigration. Ou le département de la santé.

Ses yeux lançaient des éclairs.

— Je ne supporte plus de vivre dans cette ville ! a-t-elle poursuivi. Tout le monde sait que je suis à tes ordres. Les gens ont peur de moi ! Pourquoi ? Parce que je suis la fille de Lilia Landvogt.

— Que tous ces gens aient un peu peur n'est pas une mauvaise chose. Ce n'est pas une raison pour te retourner contre la personne qui t'a hébergée, entretenue et aimée pendant des années !

— Aimée ? (Tina a étouffé un rire amer). Aimée ? Tu plaisantes, sans doute. Tu ne m'aimes pas. Depuis le jour où Yelsa est partie, tu me détestes !

Le Crocodile l'a regardée avec étonnement.

— Je ne te déteste pas...

— En tout cas, tu ne m'as jamais pardonnée !

Dame Croco a haussé les épaules et poussé un petit soupir.

— C'était impardonnable, en effet. Tu aurais dû te montrer plus responsable.

— Mais j'avais dix ans !

— Il n'empêche.

Tina s'est laissée glisser sur le plancher. Elle a entouré ses jambes de ses bras, a posé la tête sur ses genoux, et a éclaté en sanglots. Dame Croco lui a lancé un regard plein de mépris et s'est tournée vers moi.

— Bon. Je pense que vous voilà hors de cause.

Comment pouvait-elle être aussi indifférente à sa fille ? J'avais envie de lui envoyer un coup de pied et lui raconter l'histoire de Mme Graybill pour qu'elle sache ce que devenaient les gens de son espèce, incapables de pardonner.

Et puis, je me suis souvenue que je n'avais pas affaire à Mme Graybill, mais à un crocodile. Un reptile à sang froid.

Elle a fait rouler son fauteuil jusqu'à la porte d'entrée. Je l'ai suivie, et elle m'a ouvert la porte sans dire un mot. Une fois le seuil franchi, je me suis retournée et je l'ai regardée bien en face.

— Je n'attends pas de remerciements de votre part, Mme Landvogt. Je veux simplement qu'on me laisse vivre en paix. Et au cas où vous auriez envie de me faire chanter à nouveau, je vous conseille d'y renoncer.

Elle m'a adressé un petit sourire condescendant.

— Allons donc ! Quelle est cette nouvelle manœuvre ? Une menace ? Vraiment, Sara, quel pouvoir avez-vous sur moi ?

Je lui ai rendu son petit sourire condescendant.

— Disons que si ma grand-mère ou moi devions avoir des ennuis avec les autorités ou si quelque chose devait mystérieusement arriver à l'une de nous, je ferais de ceci un document public, ai-je répondu en brandissant le livre noir. Vous ne pourrez rien faire pour vous défendre !

J'ai cru qu'elle avait avalé sa langue. Elle suffoquait, crachotait, ouvrait et fermait la bouche, mais aucun son n'en sortait. Finalement, elle s'est levée de son fauteuil et s'est lancée à ma poursuite.

Mais j'étais déjà loin. Je me sentais si légère, je courais si vite que rien, pas même une ribambelle de crocodiles, n'aurait pu m'attraper.

21

J'ai commencé la lecture du livre le soir même. Entre autres choses, j'y ai découvert que la Gitane avait raison à propos de M. Petersen : il avait emprunté des sommes importantes à des requins de la finance, dont l'un n'était autre que l'ancien petit ami de Paula Nook.

Ce livre était captivant, mais plus j'avançais dans ma lecture, plus je me disais qu'il n'y avait qu'une chose à faire : le brûler. J'avais l'impression d'avoir entre les mains un objet radioactif : si je restais trop longtemps en contact avec lui, je risquais d'être contaminée.

Hudson ne m'a même pas demandé ce qu'il contenait. Il m'a ouvert la porte à sept heures du matin et a allumé un feu dans la cheminée. Lorsque le livre n'a plus été que cendres, il a désigné les trois pages que j'avais gardées.

— J'ai comme l'impression que tu tiens là de quoi constituer une police d'assurance.

— Elles ne sont pas pour moi. Ces deux-là sont pour Mme Hallenback, et celle-ci pour l'inspecteur Borsch.

Hudson a haussé les sourcils.

— Ton copain policier ?

— Tu parles d'un copain ! ai-je marmonné.

Je m'apprêtais à lui raconter comment cette vieille tête de pioche de Borsch ne voulait même pas essayer de m'aider à coincer Hazel, lorsque tout à coup je me suis souvenue que je n'avais pas acheté de cadeau pour Rudy.

— Tu n'aurais pas quelque chose à me donner qui puisse plaire à un garçon qui n'aime que la boue ? ai-je demandé. Je dois lui faire un cadeau de Noël pour la fête de l'école.

Hudson m'a jeté un regard étonné.

— La boue ?

— Oui. C'est un fan de moto cross.

— Ah ! Il aime les motos, a fait Hudson en se frottant le menton. Si on allait voir dans le garage ?

Le garage de Hudson est comme un bloc opératoire réservé à sa voiture, une Pontiac de 1960, dont on n'a pas intérêt à dire qu'elle est couleur lavande. La Pontiac ne perd jamais une goutte d'huile, ni une goutte d'eau, ni aucune goutte de quoi que ce soit, et sa carrosserie ne comporte pas la moindre éraflure.

Hudson a allumé les lumières du bloc.

— Que penses-tu d'une boîte d'huile ?

— Une boîte d'huile ?

— Tout amateur de boue digne de ce nom appréciera un tel cadeau.

Je m'attendais à voir apparaître un jerricane comme ceux dont on se sert pour mettre de l'huile dans un moteur, mais Hudson a attrapé un flacon en cuivre, dont la forme faisait penser à un encrier ou à un bougeoir. Il me l'a tendu en disant :

— La plupart des gens n'utilisent plus ce modèle, mais je n'ai rien trouvé de mieux pour lubrifier les joints et les endroits difficiles à atteindre. Crois-moi, ton copain Rudy va être content.

— Si tu le dis !

— Je te le dis ! a répété Hudson avec un clin d'œil.

On a mis le flacon dans un sac en papier et, comme je glissais le paquet dans mon sac, Hudson a aperçu le cadeau que j'avais préparé pour Hazel :

une boîte carrée enveloppée dans du papier rouge brillant. Il a haussé légèrement les sourcils.

— Celui-ci semble destiné à quelqu'un qui aime moins la boue que Rudy, non ?

J'ai éclaté de rire, puis je lui ai montré avec quel soin j'avais emballé le couvercle séparément, mis le vieux minuteur de grand-mère à l'intérieur, et remis le couvercle par-dessus.

— C'est pour Hazel.

Il a rejeté la tête en arrière, et il a éclaté de rire.

— Voilà son cœur révélateur !

J'ai descendu les marches en quatrième vitesse.

— Souhaite-moi bonne chance ! Je risque d'en avoir besoin !

Le dernier jour d'école avant Noël est sans doute le jour le plus sympa de toute l'année. Premièrement, parce qu'on ne travaille pas, et deuxièmement, parce qu'on fait la fête et que les bonbons et les chocolats circulent un peu partout.

Quand l'échange des cadeaux a commencé, on était dans un état de surexcitation assez avancé, Marissa, Holly, Mouche et moi. Il faut dire qu'on s'était goinfrées de sucreries et qu'on avait passé une bonne partie de l'après-midi à faire les folles.

On a attendu que tout le monde entre dans le réfectoire pour voir M. Caan, le principal-adjoint, déguisé en Père Noël, et on a filé en douce vers les toilettes.

Mouche a sorti son tube de maquillage blanc et Marissa plusieurs robes qu'elle avait entassées au fond de son sac.

— Est-ce que ça te convient, Sara ? a-t-elle demandé.

Je n'en croyais pas mes yeux.

— Elles sont parfaites !

Holly en a aussitôt enfilé une et a relevé le capuchon.

J'ai enfilé la mienne moi aussi.

— Elles sont nettement mieux que ce que j'avais imaginé, ai-je déclaré.

Marissa m'a fait un grand sourire.

— Tu voulais du noir, tu as du noir !

Mouche a barbouillé nos visages de blanc avant de nous dessiner de gros ronds noirs autour des yeux. Puis elle a décidé de nous peindre également les mains en blanc, avec un peu de noir autour des ongles. Lorsqu'on s'est enfin regardées dans la glace, on a tressailli toutes les trois. On faisait vraiment peur !

J'ai réglé le minuteur de Grand-mère, et je l'ai glissé dans la boîte rouge, tandis que Holly et Marissa préparaient leurs faux cadeaux. Quand tout a été prêt, Mouche nous a fait nous ranger côte à côte.

— N'oubliez pas qu'on doit faire les choses sérieusement, sinon ça ne marchera jamais. Notre déguisement est parfait. Mais il faut maintenant qu'on entre vraiment dans le personnage de la mort.

On s'est donc exercées à prendre un air sinistre, aussi sinistre que la mort. Au bout de quelques minutes, jugeant que l'entraînement était suffisant, j'ai déclaré :

— Mouche, reste près de la porte d'entrée, au cas où l'inspecteur Borsch se déciderait à venir.

— Pas de problème. Dès qu'il arrive, je le conduis au réfectoire. Mais si tu lui as dit dix-sept heures trente, on ferait mieux de se dépêcher. Il est dix-sept heures vingt-neuf.

Lorsqu'on est entrées dans le réfectoire, les profs étaient tous tellement captivés par le spectacle du Père Noël-Caan en train de danser sur Jingle Bell Rock, qu'ils ne nous ont pas vues.

Hazel non plus. On n'était plus qu'à trois mètres d'elle quand Monette l'a saisie par le bras.

— Hazel, regarde !

Elle a tourné la tête et nous a vues avancer vers elle. Tout à coup, Jingle Bell a cessé de swinguer et un silence de mort est tombé. Je marchais en tête, ma boîte rouge à la main, le tic-tac à l'intérieur rythmant chacun de mes pas.

Hazel a reculé et s'est efforcée de rire.

— Vous êtes complètement folles !

On a continué à avancer, les yeux vides de toute expression.

La panique se lisait sur le visage de Hazel. C'est maintenant ou jamais, ai-je pensé. J'ai levé la boîte un peu plus haut et, d'une voix monocorde, j'ai prononcé les paroles fatidiques :

— Hazel Acosta, ton heure est venue.

Hazel a levé les mains en l'air.

— Vous avez pris les choses trop au sérieux. Ce n'était qu'une blague ! Arrêtez ! Sara, qu'est-ce que tu fais ! C'est bon, j'ai compris ! Laisse tomber ! Je suis désolée, tu m'entends ?

Voyant que je continuais d'avancer inexorablement, Hazel a ouvert de grands yeux terrifiés, puis elle a regardé par-dessus son épaule en cherchant par où elle pourrait s'enfuir.

C'est alors qu'elle a aperçu l'inspecteur Borsch. Et que je l'ai vu, moi aussi. Pendant une minute, j'en ai oublié que je représentais la mort, et j'ai souri. Hazel m'a regardée une dernière fois avant de se précipiter vers lui en hurlant :

— Arrêtez-les ! Arrêtez-les ! Elles veulent me tuer ! Elles... Elles ont une bombe !

L'inspecteur Borsch n'a pas bougé et est resté imperturbable, solide comme un roc.

— Arrêtez-les ! Bon sang ! Arrêtez au moins cette Sara Kay !

Tandis que je continuais d'avancer, l'inspecteur Borsch a regardé Hazel droit dans les yeux sans broncher, et à son tour, il a dit :

— Hazel Acosta, ton heure est venue.

Hazel l'a dévisagé, médusée, puis elle s'est mise à genoux et lui a enserré la jambe.

— Je ne voulais faire de mal à personne ! J'ai dit que j'étais désolée ! Qu'est-ce que vous voulez de plus ? Vous ne pouvez pas la laisser me tuer à cause de quelques stupides chats !

J'ai retiré mon capuchon et j'ai souri à l'inspecteur Borsch.

— À vous de jouer, inspecteur.

Hazel s'est tournée vers lui, puis vers moi. Elle commençait enfin à comprendre. J'ai ôté le couvercle de la boîte.

— Je t'aurais bien offert ce minuteur, mais il faut que je le rende à ma grand-mère. Elle en a besoin pour la pâtisserie.

M. Caan, qui s'était approché, nous a accompagnés vers la sortie. Tandis que Hazel pleurnichait sur son épaule en essayant de le convaincre que je n'étais rien d'autre qu'une méchante terroriste, j'ai remercié l'inspecteur Borsch d'être venu.

— Qu'allez-vous faire d'elle ? ai-je demandé.

Il a haussé les épaules.

— Je vais lui secouer les plumes. Je ne sais pas comment. Il faut que j'y réfléchisse.

Il a laissé échapper un petit rire avant d'ajouter :

— Je ne pensais vraiment pas être utile en venant ici, mais finalement, je ne suis pas mécontent d'être passé.

— Qu'est-ce qui vous a fait changer d'avis ?

Son regard s'est perdu au loin, et j'ai vu qu'il rougissait. Non pas de colère, mais de confusion.

— Debra a entendu notre conversation et elle m'a accusé d'être un vieux rabat-joie, a-t-il répondu en haussant les épaules.

— Debra ?

J'ai failli dire : le Dodo dépenaillé ? Mais heureusement, j'ai eu la présence d'esprit de me taire et j'ai demandé, à la place :

— Vous voulez parler de la dame aux... aux cheveux ?

Il a hoché la tête.

— Je m'attendais à repartir d'ici avec la preuve que ton idée était la plus farfelue qui soit jamais sortie d'un quelconque cerveau, a-t-il dit en réprimant un petit rire. Tu me surprendras toujours, Sara Kay.

J'ai ri à mon tour.

— Au fait, le type qui se moque de vous au boulot, il ne s'appellerait pas Andy Hicks, par hasard ?

L'inspecteur Borsch s'est gratté la tête, intrigué.

— Comment fais-tu pour savoir tout ça ?

J'ai haussé les épaules.

— La maman d'Élisa m'en a parlé.

Il a froncé les sourcils.

— C'est bien lui, en effet, a-t-il avoué.

Puis en remontant sa ceinture de laquelle dépassait son revolver, il a dit :

— Tu penses sans doute que je n'ai aucun sens de l'humour, mais tu as tort. Je n'ai aucun sens de l'humour seulement en ce qui concerne Andy Hicks. C'est une mauvaise graine.

— Un voyou ?

Il a hésité une seconde puis s'est décidé à parler.

— Jim Keltner et moi avons essayé d'en apporter la preuve, il y a quelques années, mais nous avons échoué.

J'ai sorti de ma poche la page provenant de la bible de Mme Landvogt et je la lui ai donnée.

— Joyeux Noël, inspecteur !

Il a commencé à lire et plus il avançait, plus son sourire s'élargissait.

— Où as-tu trouvé ça ? a-t-il demandé.

— Disons que je l'ai arrachée à la mâchoire d'un

crocodile. Elle est à vous, ai-je ajouté avec un sourire amusé.

Il est resté là à me regarder, les yeux ronds.

— Excusez-moi, mais j'ai un autre cadeau à faire !

Alors que je m'apprêtais à prendre congé de lui, le Père Noël-Caan, qui n'était pas disposé à me laisser filer sans un mot d'explication, m'a barré la route. Pour une fois, j'ai laissé l'inspecteur Borsch parler à ma place, et lorsqu'il a mis les choses au clair, j'ai retrouvé Marissa et Holly aux toilettes où on s'est changées et démaquillées en vitesse.

Quand on est revenues dans le réfectoire, l'ambiance était très calme. On aurait dit que rien ne s'était passé. Les élèves riaient, dansaient et mangeaient des bonbons. Dans un coin de la salle, j'ai aperçu Rudy Folksmeir qui bavardait avec ses copains. De boue probablement.

Je lui ai offert son cadeau.

— Joyeux Noël, Rudy !

Il a ouvert le sac avec un soupçon de méfiance, mais quand il a vu ce que c'était, son visage s'est illuminé.

— Cool ! Regardez, les gars ! s'est-il exclamé en examinant le flacon sous tous les angles. Merci Sara, c'est trop cool !

J'ai éclaté de rire.

— Je suis contente que ça te plaise.

Tout à coup, j'ai été envahie par une sensation de chaleur, de bonheur et de tranquillité. Cette fois, ai-je pensé, c'est vraiment Noël.

Une petite voix derrière moi m'a appelée :

— Sara ! Tiens, c'est pour toi.

Je me suis retournée. Cassie Kuo me souriait à travers sa frange. Elle m'a mis un petit paquet rouge vif dans les mains et a dit :

— Joyeux Noël !

J'ai déchiré le papier et j'ai ouvert la boîte. Plié dans un papier de soie, j'ai trouvé un pendentif rond sur lequel on pouvait lire mon nom, SARA, écrit à l'endroit sur l'hémisphère nord, et à l'envers sur l'hémisphère sud. Il était fabriqué avec une peinture blanche à paillettes, et suspendu à un ruban de velours rouge.

— Cassie, c'est incroyable. Où as-tu trouvé ça ? C'est toi qui l'as fait ?

Elle a acquiescé en faisant voler sa frange sur son front.

— Ça te plaît ? Vraiment ?

— C'est extraordinaire ! Je n'arrive pas à y croire... Où as-tu appris à faire ça ?

Elle a jeté un regard circulaire pour s'assurer que personne ne l'entende.

— Chez les scouts, a-t-elle répondu tout doucement.

— Les scouts ?

— Oui, je sais ce que tu penses. Mais on s'y amuse bien, je t'assure. On fabrique des objets, on fait du camping, des balades à pied. Tu... Tu aimes le camping ?

Une lueur d'espoir brillait dans ses yeux. Puis elle a baissé la tête pour dire :

— Je crois que ça te plairait.

— Je... Je ne sais pas. Je n'en ai jamais fait.

— Tu n'es jamais allée camper ? Oh ! Tu rates quelque chose ! Tu devrais venir avec nous un jour. C'est tellement sympa !

J'ai soigneusement rangé le petit pendentif dans sa boîte.

— Pourquoi pas ?

Cassie Kuo a fait un signe de tête en direction du fond de la salle.

— J'ai l'impression que Marissa et les autres t'attendent. Tu ferais mieux d'y aller, a-t-elle dit en me souriant. Joyeux Noël !

Au moment où elle allait partir, je l'ai retenue.

— Cassie ?

— Oui ?

— Je suis... Je suis contente que ce soit toi qui aies tiré mon nom. Merci beaucoup.

Elle m'a souri à nouveau.

— Je suis contente, moi aussi. Salut !

Curieusement, dès qu'elle est partie, je me suis sentie toute triste. Marissa, Holly et Mouche m'attendaient pourtant pour faire la fête, mais j'ai soudain pensé à ma mère.

J'avais encore une chose à accomplir.

22

Je suis restée plantée devant la porte pendant un long moment. Et lorsque je me suis enfin décidée à mettre la clé dans la serrure, j'ai eu un sentiment très étrange. Comme si j'étais moi-même Mme Graybill.

Je suis entrée, et je me suis assise sur le canapé. Je pensais à elle, à Billy McCabe, à la façon dont elle s'était rendue malheureuse en voulant faire du mal à sa sœur.

Et puis, j'ai pensé au Crocodile et à toute l'affaire Landvogt. À la façon dont Mme Landvogt traitait sa fille. À Tina qui était devenue maître chanteur, comme sa mère.

Et à travers tout ça, j'entendais la voix de Hudson, qui me parlait de pardon.

Je me suis alors efforcée de faire quelque chose que je me refusais de faire depuis un an : j'ai pensé à ma mère. Je me suis rappelé ce fameux jour où elle m'avait déposée chez Grand-mère comme un sac de linge sale. Je me suis rappelé les cauchemars qui avaient hanté mes nuits, les larmes que j'avais versées parce qu'elle me manquait. Je me suis rappelé la promesse qu'elle m'avait faite de revenir bientôt, jusqu'au jour où, alors que je m'étais finalement habituée à ne pas avoir de nouvelles d'elle, je l'avais soudain entendue me dire au téléphone qu'elle m'aimait.

Finalement, si l'on regardait les choses en face, elle m'avait tout simplement abandonnée pour devenir Madame StopGaz.

Alors, assise sur le canapé de Mme Graybill, je me suis mise à pleurer. Tout doucement pour commencer, puis comme Élisa au cimetière. Et au bout d'un moment, je me suis enveloppée dans l'une des couvertures de Mme Graybill. Elle était chaude et douce, comme des bras consolateurs.

Lorsque j'ai fini d'inonder l'appartement de mes larmes, j'ai poussé un soupir en me disant que je n'avais qu'une solution pour ne pas devenir comme Mme Graybill, ou pire encore, comme le Crocodile ou Tina. Et cette solution, c'était le pardon. Je devais trouver la force de pardonner à ma mère.

J'ai fermé les yeux et, cette fois, j'ai essayé de tout me rappeler. Pas seulement l'année qui venait de s'écouler, pas seulement les mauvais moments. Mais tout.

J'ai revu les balançoires dans le parc, et le signe de la main qu'elle me faisait quand elle me déposait à l'école. J'ai repensé à l'habitude qu'elle avait de m'appeler son Rayon de Soleil en ébouriffant mes cheveux. À la façon dont elle m'aidait à distinguer le *b* du *d*. Aux chansons que l'on chantait en canon dans la voiture. Au marché où elle m'emmenait tous les mercredis, non pas pour acheter des légumes, mais simplement pour qu'on se promène ensemble.

Puis j'ai repensé aux soirs où elle pleurait toute seule dans son lit, sans pouvoir m'expliquer pourquoi.

Et après avoir à nouveau bien pleuré, j'ai séché mes larmes, et je me suis lancée dans l'accomplissement de la tâche que je m'étais fixée en entrant dans cet appartement.

Mon choix était difficile, car elles étaient toutes très jolies. Finalement, j'en ai pris une rose et blanc pour Grand-mère, une bleu roi pour ma mère, et une jaune, comme le soleil, pour moi. Je les ai pliées toutes ensemble, puis j'ai jeté un dernier regard autour de moi, et j'ai murmuré : « Merci », avant de refermer la porte.

Une fois chez Grand-mère, je me suis enfermée dans la salle de bains avec un rouleau de papier et des rubans, et j'ai enveloppé les couvertures, une par une. En les déposant au pied de notre petit sapin, j'ai ressenti à nouveau cette agréable sensation de bonheur et de tranquillité.

Je suis sûre que certains auraient trouvé étrange d'offrir comme cadeaux de Noël des objets récupérés dans l'appartement d'une vieille dame venant de mourir. Mais pour moi, ces couvertures n'étaient pas de simples cadeaux qu'on pose au pied d'un arbre. Elles étaient le tissu même de la vie.

Et j'étais prête à parier que, si Mme Graybill était encore de ce monde, elle ne viendrait pas me les reprendre. Au contraire, j'avais la certitude que Daisy Graybill, la vraie Daisy Graybill, me les aurait données elle-même si elle avait pu.

Composition JOUVE - 62300 Lens
N° 834181w
Imprimé en France par HÉRISSEY - 27000 Évreux
Dépôt imprimeur : 97758 — éditeur : 50132
32.10.1124.0/01 - ISBN : 2.013.21124.4
Loi nº 49-956 du 16 juillet 1949 sur les publications destinées à la jeunesse
Dépôt légal : novembre 2004